KB147024

音音音

부를 테니
들어줘

音音音 부를 테니 들어줘

초판 인쇄 · 2021년 8월 5일
초판 발행 · 2021년 8월 11일

지은이 · 정해성 외
펴낸이 · 한봉숙
펴낸곳 · 푸른사상사

편집 · 지순이 | 교정 · 김수란
등록 · 1999년 7월 8일 제2－2876호
주소 · 경기도 파주시 회동길 337－16 푸른사상사
대표전화 · 031) 955－9111(2) | 팩시밀리 · 031) 955－9114
이메일 · prun21c@hanmail.net
홈페이지 · http://www.prun21c.com

ISBN 979－11－308－1809－2　03810
값 15,500원

우리는 음악을 통해 사회와 개인의 삶을 성찰하고,
미래를 꿈꾼다

音音音 부를 테니 들어줘

정해성 조규남 조연향 최명숙 한봉숙
엄혜자 오영미 이신자 장현숙 박혜경

I will **Sing**
listen to me

문인들에게 노래를 묻다

음악, 부재하는 내면에 대한 대안

종교와 철학이 부재하는 현대 사회이다. 종교의 영성을 통해 회개와 성찰, 소망을 갖던 시대는 종말을 고했다. 철학적 사유를 통해 현재를 진단하고 미래를 전망하던 태도 역시 소멸되었다. 성찰 없는 세대들이 전망 없는 시대를 살아간다. 반복적이고 규칙적인, 그래서 활력 없는 삶을 살아가다 우리는 문득 원인 모를 갈증을 느낀다. 갈증은 보이지 않는 실재를 갈망하고, 갈망의 지향점은 예술이고 음악이다.

음악은 삶과 죽음을 사유한다. 또한 사라져버린 먹빛 같은 추억에서 오묘한 빛줄기를 소생시킨다. 아무리 짙은 어둠이라 할지라도, 실낱같은 빛줄기는 어둠을 이긴다. 우리는 음악을 통해 사회와 개인의 삶을 성찰하고, 미래를 꿈꾼다. 우리는 음악이란 풍부한 내연을 지닌 외연 속에서 빛의 인도를 받아 '자기 앞의 생'의 소중함을, 타인과 세상의 가치로움을 긍정한다.

답변 1, 초혼의 멜로디

오르페우스의 음악은 죽은 자를 현실 세계로 인도해냈다. 지옥의 사자라 할지라도 오르페우스의 음악 앞에서는 자신들이 가하는 몰인정한 일들의 잔혹함을 잠시 망각한다. 그들은 오르페우스의 선율에 심취하여, 오르페우스의 음악이 이끄는 대로 까닭 없이 슬퍼하고, 눈물 흘리고, 타인에게 지닌 연민을 회복한다. 그리고 자발적으로 지옥으로 향한 길을 오르페우스에게 열어준다. 영화 〈세상의 모든 아침〉에서 비올의 거장인 생트 콜롱보는 비올라 다 감바 연주를 통해 죽은 자인 아내를 지상 현실 세계에 불러냄으로써 오르페우스의 음악적 이상을 현실화한다. 오르페우스의 신화는 음악이 지닌 강력함을 이야기한다. 음악은 삶과 죽음의 경계에서, 죽은 자들을 삶과 기억을 현실 속에 호출한다.

조연향의 「잊혀진 계절」은 세 자매 중 첫째 언니의 '백조의 노래'에 관한 글이다. 폐섬유증으로 사투를 벌이던 큰언니는 이용의 노래 〈잊혀진 계절〉을 부르며 75년간 살아온 삶의 아픔과 슬픔, 사랑을 풀어내고 의연한 모습으로 세상을 떠나 본향을 향한다. 아버지의, 삶의 한을 풀어내는 울음과 같은 시조창 역시 자연에 가까운 소리를 통해 원래 자연의 일부였던 인간 삶의 본모습인 자연과 합일되게 한다. 조연향에게 큰언니와 함께 부르던 〈잊혀진 계절〉 노래, 아버지의 시조창은 단순히 가족의 삶/죽음과 연관된 노래일 뿐 아니라, 남은 자들의 맘 깊이 새겨진 가족의 존재 그 자체이고 그들이 남기고 간 사랑이다. 노래는 그들의 삶/죽음의 매 순간과 결합되어 있기에 남은 자들의 삶이 지속하는, 신이 내린 축복이고, 인간이 지닌 위대함이자 본향을 향하는 순례자의 울림이다.

최명숙은 가족 애창곡이지만, 이미 저세상의 사람이 된 가족의 상실감을 환기하기에 아직은 부를 수 없는 노래 〈홍하의 골짜기〉

의 사연을 글로 풀어낸다. 〈홍하의 골짜기〉는 음치였던 남편이 필자에게 불러주던 노래이다. 그들의 사랑은 〈홍하의 골짜기〉를 함께 부르며 싹텄고, 꽃피었다. 이후 남편은 아직은 젊은 나이에 뇌졸중으로 대부분의 기억을 잃었으나, 기억에 남아 유일하게 가족과 함께 불렀던 노래가 〈홍하의 골짜기〉였다. 따라서 〈홍하의 골짜기〉는 단순한 노래가 아니라, 가장의 건강 회복을 향한 온 가족의 소망을 담고 있었던 노래, 남편이 삶의 마지막 순간까지 순진무구한 얼굴로 즐거워하며 부르던 노래, 중환자실에서 19일간 의식을 잃었으나 죽음의 경계선에서 삶으로 돌아오게 한 노래였다. 〈홍하의 골짜기〉는 필자의 삶에서 가장 눈부신 순간에 빛나던 멜로디였고, 삶과 죽음의 경계선에서 강렬했던 빛줄기였다. 다음 글에서 필자는 학창 시절 수학 선생님께서 불러주신, 지금은 고인이 된 선생님께서 부르시던 쇼팽 〈이별의 곡〉을 소개한다. 이 또한 필자에게 단순한 노래가 아니다. 어린 시절 '아버지'들의 부재로 하루하루 우울한 나날을 보내던 필자에게 선생님의 노래는 현실의 가혹함을 견디게 하는 위안이었다.

사랑하는 사람과의 사별은 삶의 가장 가혹한 형벌 같은 고통이다. 조연향과 최명숙에게 음악은 사랑하는 사람과의 사별의 아픔을, 그리고 사후의 그리움을 위로하고 토닥인다. 사랑하는 사람들과 함께한 시간들은 물리적으로는 다시 돌이킬 수 없지만, 영원한 존재인 음악과 함께 우리의 삶 속에서 지속적으로 호출된다. 우리는 음악을 함께 듣고 부르던 순간을 회상하며, 그들에 대한 사랑과 추억을 우리의 맘속 깊이 간직한다. 가족과 연인에게 사랑받던 순간의 기억들은 우리들을 무의미한 존재에서 유의미한 존재로 전환시킨다. 우리는 스스로의 모습들을 있는 그대로 긍정하게 한다. 그리고 남은 삶을 살아갈 힘을 얻는다.

답변 2, 사랑과 추억의 매개

잃어버린 것은 '시간'이 아니라, '시간' 속에 빛나던 마음이었다. 젊은 날 쉼 없이 두근거리던 심장의 박동들, 가까이에서 얼굴 한 번 보겠다고 먼길 쫓아가서 오랜 시간 기약 없는 만남의 순간을 고대하며 수많은 군중들 속에 있던 젊은 날의 치기 어린 열정의 순간들, 소녀 시절과 젊은 시기의 순수하고 섬세한 감성들과 연쇄적 고리를 이루며 생의 절정기를 더욱 아름답게 만들던 순간들, 여행길에서 또는 안개 속의 불안정하고 불완전한 삶의 순간에서 느끼는 혼란기들은 모두 젊음의 '시간'들 속에 빛나던 마음이다.

그때 그 시절에는 '틀렸'던 것 같고, 그 가치의 아름다움을 인식하지 못했던 것들이 시간이 흐르면 '맞는' 것으로 변신한다. '노래'들은 그 변신의 가능하게 하는, 문자 그대로 동화 속의 주문과 같은 존재들이다. 중년의 시간들, 빛바랜 색에서 이젠 좀 더 짙은 무채색의 세계만이 기다릴 것 같은 삶의 전환기에서 '노래'의 주술은 필자들을 과거의 눈부신 시간 속으로 이끌어간다. 이제는 이미 흘러간 강물 속에 두 번 다시 회복하지 못하는 순간들인 찬란의 '초원의 빛, 꽃의 영광'의 순간들이지만, 우리는 노래들을 통해 젊은 시절들이 희미해진 기억 속의 빛나는 오묘한 가치를 생성해간다. 그리고 우리의 낡은 삶을 보다 풍요롭게 인식하고, 여유롭게 수용한다.

엄혜자는 남편과의 첫만남에 운명적으로 개입하여 사랑의 완성을 가져다준 노래, 레너드 코헨의 〈Famous blue raincoat〉를 통해 한 곡의 노래가 내포하고 있는 끝나지 않은 서사와 감정의 존재를 전달한다. 그리고 결혼 후 남편이 인도네시아 건설 현장에서 5년 넘게 일하게 되자, 필자는 일년에 한 번씩 아들들과 함께 인도네시아를 방문하면서 듣게 된 노래인 '바탁송'을 소개한다. 바탁송은 '바탁인들의 유전자 속에 각인된, 뼛속까지 스민 영혼의 울림', '입으로 부르지 않고 가슴과 영혼'으로 부르는 노래이다. 그들은 바탁송을 통해 자신들의 영혼을 일깨우고 민족적 정서를 대변함으로써 민족의 정체성과 끈끈한 결속력을 형성한다. 필자는 세상의 모든 노래가 삶의 길을 비춰주는 등불인 '바탁송'과 같다면, 세상이 보다 살 만한 곳이 될 것임을 확신한다.

오영미는 음악의 핵심인 가창력만으로 자신의 10대를 사로잡은 조영남에 대한 팬심, 이후 재직하는 대학에 초청 가수로 온 조영남, 화가인 남편과 친분이 있는 조영남, 대작 논란과 이혼과 연관된 행적들로 인한 '일그러진 우상'으로서의 조영남에 관련된 에피

소드들을 소개한다. 「지금은 틀리고, 그때는 맞았다」에서도 필자는 음악다방 DJ와 사랑의 도피 끝에 결국 파국을 맞이한 고등학교 친한 선배 J에 대한 에피소드, 클래식 애호가였던 고등학교 시절 국어 선생님에 대한 선망의 열정들을 소개한다. 필자에게 음악은 과거 추억 속의 열정과 몰입의 순간의 주인공들을 떠올리게 하는 매개체이다. 과거의 치기 어린 열정들을 떠올리면 부끄러움을 느낄 때도 있지만, 그때 그 설익음의 순간들을 '맞았다'라고 규정한다. 그리고 추억의 '희미해져가는 먹빛에서 오묘한 빛'의 아름다움을 음미한다.

장현숙의 음악 역시 과거 추억과 연관되어 있다. 필자에게 추억은 삶의 보석이고, 삶의 고단함을 견디게 하는 힘이다. 여고 시절 불렀던 이문세의 〈광화문 연가〉를 통해 필자는 광화문 근처에서 보았던 영화, 오페라, 분식집, 근처 남자고등학교 학생들과 함께했던 동아리 활동 등의 추억을 호출하며 마치 그때 그 시절처럼 공연히 웃고 쑥스러워한다. 노천예배, 음악콘서트, 정동교회 등의 거리에서 '우리 모두 세월을 따라 떠나가지만 언덕 밑 정동교회에 남아 있는' 추억을 회상하며 필자는 눈부시게 빛났던 순수함을 떠올린다. 본인이 그러하듯 누군가가 또다시 광화문 뒤의 덕수궁 돌담길을 걸어갈 것이며, 그 추억들이 지니는 힘으로 삶과 세상을 외롭지 않게 살아갈 수 있을 것이라며 타인들의 삶을 축복한다. 조병화 시인의 애창곡인 〈봄날은 간다〉를 통해 하늘로 돌아간 조병화 시인과의 추억을 떠올리고, 그와 이별하였듯이 자신의 봄날과 이별하는 연습, 하나하나 버리는 연습을 하며 시간의 흐름을 편안하게 수용한다.

박혜경의 「마음엔 온통 봄」은 봄을 맞이하기 위해 천리포수목원으로 떠나는 여행길에 들은 음악 김윤아의 〈봄이 오면〉을 소개한다. 여행길처럼, 수목원처럼 봄에 흐르는 봄과 닮은 김윤아의 〈봄이 오면〉은 역설적인 '봄'과 '사랑'의 의미, 아름다움 이면의 쓸쓸함, 쓸쓸함 이면의 열정적 색채를 소개한다. 13세 때 무용실에서 듣던 빌리 조엘의 〈어니스티(Honesty)〉를 통해 사춘기 소녀 시절의 부정적 감정을 위로받았던 경험들을 소개하며, 노래를 통한 설렘과 방랑을 회상한다.

한봉숙의 「후쿠오카에서 부른 〈안동역에서〉」에서는 부부 동반 여행에서 부른 노래들을 소개한다. 낯선 사람들 틈에서의 여행에서 노래는 대화와는 달리 어색함을 덜어주는 역할을 한다. 특히 일본에서 다 같이 즐기는 한가위 모임에서 남편이 부른 〈안동역에서〉가 모두의 화제가 되어서 화합의 분위기를 만들어주었던 일화를 통해 노래의 힘을 풀어낸다. 「노래 따라 흘러온 세월」에서는 어린 시절 가족들과 부르던 애창곡에서부터 청소년기, 어른을 거쳐 지금의 트로트에 이르기까지 삶과 여정을 함께한 노래들을 서술한다. 삶은 노래이고, 노래가 지속되는 한 그때 그 시절의 애환과 사연들 역시 우리의 심장과 함께 약동한다. 슬픔들엔 위안을, 기쁨엔 웃음을 더하면서 노래와 함께 우리들의 삶이 좀 더 유려하고 아름답게 흘러간다.

답변 3, 개인과 사회의 '음악의 소리'

정해성은 〈사운드 오브 뮤직〉의 메시지를 개인적 차원과 사회적 차원으로 나누어서 글을 전개한다. 2부로 나뉘어서 음악의 '개인적 메시지'와 '사회적 메시지'를 전달하는 영화 〈사운드 오브 뮤직〉의 의미를 소개한 후, 필자가 피아노의 거장 루빈스타인의 연주에서 느낀 열정과 아름다움을 음악의 '개인적 메시지'로 소개한다. 프랑스 샹송의 역사를 추적한 이후, 샹송에 담긴 사회적 메시지를 이야기한다. 즉 '음악'의 두 가지 측면을 통해 음악이 인간의 삶을 의미있게 하며, 나아가 사회적 변혁과 지향점에 대한 전망 또한 제시할 수 있음을 이야기한다.

조규남의 글들은 음악의 개인적 차원으로서의 의미가 기술된다. 「노래가 뜨겁다」에서는 오랫동안 자리 보전하고 누우신 어머니의 노래를 소개한다. 코로나19로 타의에 의해 이동의 자유가 제약받는 상황이 되면서 필자는 질병으로 운신하지 못하시는 어머니의 갑갑함을 절실하게 느끼게 된다. 어머니의 노래는 바뀐 환경에 적응하지 못하는 아픔, 이전 삶에 대한 그리움의 표출이다. 필자는 어머니의 노래를 따라 부르면서 어머니와의 교감을 주고받고, 서로의 고달픔과 삶의 지루함을 풀어낸다. 노래는 어머니의 병환이 당신과 가족에게 가져다준 고통과 고달픔을 서로 이해하고 나눔으로써 서로 소통하게 되고 서로에 대한 연민과 유대감을 회복하고 각자의 존재와 현재적 삶을 긍정하게 하는 힘을 지녔음을 이야기한다. 「조영남의 클래식」 역시 흔히 우리가 아는 '클래식'이 아니라, 조영남만이 지닌 '클래식'을 통해 소탈한 삶과 음악만이 전달할 수 있는 소박한 의미를 전달한다.

이신자는 제안대군의 음악을 이야기하면서, 음악이 지닌 사회적 의미들을 조명한다. 조선시대 풍류의 대명사, 왕자였지만 광대이기도 한 제안대군의 삶의 의미를 '음악'에서 찾는다. 예법을 중요시하던 철저한 유교사회 조선의 왕자였던 제안대군은 음악을 통해 자신에게 주어진 예법과 신분의 틀을 깨뜨린다. 음악이 사회의 억눌린 신분의 압박에서 벗어나게 하는 유일한 안식처였고, 대군으로 태어났기에 오히려 좌절된 예술가로서의 꿈에 악을 통해 조금이나마 가까이 갈 수 있었음을 밝힌다. 제안대군뿐만 아니라 천민인 악공들 역시 음악을 통해 신분의 경계를 넘어서 모두와 소통할 수 있었던 것이 바로 음악의 힘이었음을 역설한다. 또한 필자는 하나뿐인 자신의 삶을 충실하게 누리며 살고 있는 인디밴드의 음악에 빠져서 우울증에서 벗어나 삶의 활력을 되찾는다. 이 또한 음악의 힘임을 역설한다.

음악, 영원한 친구의 마술피리

교회와 지역사회, 학교 합창단을 이끌면서 음악을 통해 보다 좋은 세상을 꿈꿨던 작곡가 돈 베지그(Don Besig, 1936~)가 작사/작곡한 〈내 마음에 음악 있네(As long as I have Music)〉에는 평화롭고 소박한 선율 속에 본인이 생각한 '음악'에 대한 관점이 기술되어 있다. "세상이 날 멀리하여 갈 곳이 없고, 춥고 가난하고, 고독에 시달린다 할지라도 음악은 자신의 인생을 행복하게 해주고, 삶의 의욕을 북돋아주는" 것이다. "난 가진 것 전혀 없는 가난뱅이지만, 내 맘속에 음악이 있기에 내 인생은 밝고 행복하다"고 그는 고백한다. "외로워 흐느낄 때도, 용기를 잃어갈 때에도 영원한 친구인 음악이 날 위로해주기에 난 꿈을 꾸고 노래할 수 있"다고 그는 이야기한다. 부를 때마다 선율 속에 진심을 싣게 하는 노래이다. 음악은 누군가의 삶에 전경이 되기도 하고, 배경이 되기도 한다. 전부이든 부분이든 음악은 각자의 삶에 있어 나름의 위안을 주기도 하고, 삶을 지탱해주기도 한다.

모차르트는 그의 오페라 〈마술피리〉에서 갈등과 대립, 전쟁을 사라지게 하는 '음악'의 이상을 펼친다. 예루살렘 통곡의 벽에서 팔레스타인/이스라엘의 영아티스트들의 음악이, 임진각에서 북/남의 예술가들의 합주가 울려 퍼졌다. 불안한 세상에서 미완의 존재인 우리 모두가 음악의 소리에 귀를 기울이길, 그리고 그 음악이 개인과 사회의 번민과 갈등 속에서 '마술'과 같이 스며들길 간절히 소망한다.

2021년 7월

글쓴이들

Jeong Hae Seong

정 해 성

개인적 '사운드 오브 뮤직'

사회적 '사운드 오브 뮤직'

정해성

부산에서 태어났다. 부산대학교 국어국문학과를 졸업하고, 같은 대학원에서 문학박사 학위를 받았다. 『문체 연구 방법의 이론과 실제』『장치와 치장』『매혹의 문화, 유혹의 인간』『감동과 공감』 등의 저서가 있다. 부산대에서 문체교육론, 현대소설론, 문학개론, 문예비평론 등의 과목을 강의했고, 현재 문화평론가로 활동 중이다.

개인적 '사운드 오브 뮤직'

아르투르 루빈스타인의 연주

'뮤직'의 '사운드'가 들려주는 두 가지 이야기

영화 〈사운드 오브 뮤직〉은 음악의 '소리'를 우리에게 전달한다. 이때 '소리'는 단순히 물리적인 현상으로서의 '소리'가 아닌, 즉 음악이 우리에게 건네는 말들, 즉 음악의 의미와 가치를 뜻한다. 영화가 크게 1, 2부로 나누어지듯, 음악의 '소리' 역시 1부와 2부로 나뉘어 음악의 개인적, 사회적 메시지를 전달하고, 그 메시지를 통해 음악과 더불어 사는 삶의 가치를 형상화한다.

영화 〈사운드 오브 뮤직〉의 1부에서 음악은 각 개인들에게 '치유와 회복'의 의미를 지닌다. 〈사운드 오브 뮤직〉의 남주인공 폰 트랍 대령은 사랑하는 아내의 죽음으로 깊은 상처를 지닌 인물이다. 그 상처로 폰 트랍 대령은 아내와의 추억이 가득한 집을 떠나 끝없이 여행만 다닌다. 아내와의 사이에는 모두 일곱 명의 아이들을 두었다. 이들의 보살핌은 전부 가정부와 가정교사에게 맡겨진다. 일곱 명의 아이들 역시 엄마를 잃고, 아빠에게 사실상 버림받았다. 이들 모두 상처와 애정 결핍이 심각한 상태이다. 상처로 비뚤어진 이 아이들이 할 수 있는 유일한 일은, 가정교사를 괴롭혀 내쫓는 일이다. 가정교사가 쫓겨나고 새로운 가정교사를 구하기까지의 기간이 아버지를 볼 수 있는, 유일한 시간이기 때문이다. 풍요롭고 아름다운 폰 트랍 대령의 집은 오랜 세월의 상처와 애정 결핍으로 서서히 침몰하고 있었다.

이때 폰 트랍 대령의 집에 견습 수녀 마리아가 가정교사로 온다. 마리아는 사랑이 가득 담긴 음악을 통해 비뚤어지고 굳게 닫힌 아이들과 폰 트랍 대령의 마음을 활짝 연다. 마리아를 괴롭히던 아이들은 마리아와 노래를 배우면서 자신들의 상처에 위로를 받고, 결핍되었던 사랑이 무엇인가를 깨달아간다. 규율과 통제로 아이들을 엄격하게 훈육하던 대령 역시 아이들의 노래를 들으면서 상처와 두려움으로 억지로 매몰시켜버렸던 자신의 노래와 사랑을 회복한다. 이들은 노래를 통해 서로의 사랑을 회복하고, 확신하고, 음악으로 하나가 되어 행복한 가정을 꾸린다.

영화 〈사운드 오브 뮤직〉의 두번째 메시지는 바로 사회적 의미로서의 음악의 기능이다. 결혼으로 행복만 가득할 것 같은 폰 트랍 대령의 가정에 먹구름이 낀다. 나치가 2차 세계 대전을 일으켰고, 폰 트랍은 나치와 동맹국인 오스트리아의 해군 대령이기 때문이다. 폰 트랍 대령이 전쟁에 차출된다. 폰 트랍 대령은 심각한 고뇌에 빠져든다. 그는 자신의 조국, 오스트리아를 사랑하기 때문에 결코 나치에게 협력할 수 없었다. 결국 폰 트랍은 양심에 따라 망명의 길을 선택하고, 밤에 몰래 가족 모두와 함께 도주한다. 그러나 이들의 도주는 길목을 지키고 있었던 나치에게 발각되었고, 이를 무마하기 위해 폰 트랍 가족은 유서 깊은 잘스부르크 음악 축제에 참가한다. 아이들의 노래가 이어진 후, 폰 트랍 대령도 참가자임을 증명하기 위해 무대에서 〈에델바이스〉를 부른다.

그가 부르는 노래 '에델바이스'는 꽃이 아닌, 오스트리아 조국 그 자체이다. 아침 이슬에 젖어 청초하고 순결한 모습, 오스트리아의 자랑과 사랑…… 그 에델바이스가 영원하길 기원하는 노래 〈에델바이스〉는 바로 폰 트랍 대령의 국가와 국민에 대한 고백이다. 음악을 사랑하고, 자연을 사랑하고, 독창적 사고와 유머와 위트가 넘치는 오스트리아인, 자유와 다양성을 존중하고 아름다움과 예술에 대한 감각이 남다른 오스트리아 국민…… 이것이 바로 '청초하고 순결한' 에델바이스이다. 폰 트랍 대령 자신은 비록 전쟁에 내몰려 타국으로 망명할 수밖에 없지만, 내 조국 오스트리아에 대한 사랑은 변함없을 것을 노래를 통해 고백한다.

노래를 부르던 폰 트랍 대령은 목이 메어 2절을 부르지 못한다. 아내가 된 마리아는 눈물 가득한 폰 트랍 대령을 도와 에델바이스, 즉 오스트리아의 영원함을 함께 기원한다.

개인적 '사운드 오브 뮤직'– 루빈스타인의 〈생상 피아노 협주곡 2번〉

대다수가 그럴 것 같지만, 나의 20대는 넘치는 열정, 불만족스런 현실 등으로 언제나 오류와 엇박자투성이였다. 살고 싶었던 순간이 별로 없었던 것 같다. 청춘이 쏟아붓는 과제들을 해결하지 못했다기보다는 수용하지 못했다. 모두에게 공정하게 주어지는 것 같지 않았고, 나에게만 쏟아붓는 것 같은 고뇌와 번뇌에 갖은 엄살 다 떨면서 허우적거리면서 살았던 것 같다.

시야가 좁고 성찰은 부족한데, 욕망과 기개만 하늘을 찌르는 때였다. 마흔 이상은 절대로 살고 싶지 않다는 치기 어린 생각을 하던 때였다. 어차피 오래 살지 않을 인생이라고 생각해서, 내일은 없는 것처럼, 주어진 오늘에만 온 에너지를 다해 삶을 질주하던 때였다. 늙음, 그 자체만으로도 처참하고 초라할 것 같은, 10년이나 20년 후의 미래는 상상조차 하고 싶지 않은 때였다.

오로지 눈부신 현재 속에서 불꽃처럼 살다가 그냥 소멸하고 싶었다. 철딱서니라고는 약에 쓰려고 해도 찾아볼 길이 없었던 젊은 나에게 그렇게 살 수 있는 마지노선이 마흔으로 여겨졌다. 딱 그때까지만이 내 인생의 전부일 것이라고 생각했다.

기형도는 스물 아홉에, 전혜린은 서른 여덟에 새로운 공간인 '저곳'으로 되돌아오지 못할 여행을 떠났다. 이들의 문학과 죽음은 그리고 그들의 삶은 내 삶의 멘토였다. 나 역시 '더 이상 내 것이 아닌 열망'에 집착하여, '빈집'에 나를 가두게 된다. 긴 삶을 포기한, 무모한 나에게 두려울 것이 없었다. 수면제도 각성제도 주저하지 않고 몸속에 쟁여 넣으며 아무도 알아주지 않지만 나로서는 하루하루 위태롭게 사활을 건 미친 질주를 하며 살았다. 공부, 피아노, 지휘, 성악, 영어, 아르바이트로 밥 먹을 시간도 없게 스스로를 몰아붙이면서 아슬아슬하게 하루하루를 지내왔었다. 언제나 혼자라는 생각을 많이 했다. 젊은 시기에 이미 난 자신과 삶에 대한 사랑도, 미래를 향한 꿈도 꾸지 않았기에 더 이상 젊지 않은 나였다.

그때 그 시기에 만난 것이 피아니스트 아르투르 루빈스타인과 노련한 지휘자 앙드레 프레빈이 협연한 〈생상 피아노 협주곡 2번〉이다. 20대부터 중년에 이르기까지의 수많은 연주활동과 레코딩만으로도 충분히 세계를 제패한 루빈스타인이었다. 20세기 대표적 피아니스트 중 한 명이라 손꼽히는 아르투르 루빈스타인은 4, 50대 아니 30대에도 이미 타의 추종을 불허하는 대가였다. 이제는 안락한 공간에 머물러, 화려한 자신의 명성을 즐겨도 괜찮을 여든의 나이에 아르투르 루빈스타인이 여전히 관중과 비평가들 앞에서 자신의 음악을 연주하고 있었다. 손과 얼굴에 새겨진 주름, 하얗게 센 머리로 피아노 앞에 앉은 그 모습 자체가 초라한 늙음보단 화려한 죽음을 선택했던 20대의 내겐 너무나 충격적이었다. 현실은 물론 TV 화면에서도 난 그렇게 나이든 분을 본 적이 없었다. 앉아 있는 것도 힘들 것 같은 모습에도 불구하고, 루빈스타인은 〈생상 피아노 협주곡〉을 연주했다. 폭풍같은 감정을 몰아가는, 격정적인 생상의 선율에도 그는 미동도 하지 않고 굳건히 자기를 지켜가며, 심연의 눈동자에 감성을 그득 담아 고요히 그러나 강력하게 자신의 음악을 연주하고 있었다. 그렇게 아름다운 인간을, 그렇게 아름다운 순간을 나는 일찍이 본 적이 없었고, 그 이후로도 없다.

그때 내가 받은 충격과 감동은 루빈스타인이 대가여서가 아니었다. 자신의 삶과 음악에 대한 성실함으로서 자신의 존엄과 삶의 위대함을 실천하는 태도, 진정한 아름다움에 대한 자각 때문이었다. 늙음이 젊음보다 더 아름다울 수 있다는 것을 그때 난 처음으로 알았다. 옆에서 함께 화면을 보는 후배의 시선에 창피하다 여겼지만, 이미 흐르기 시작한 눈물은 멈출 줄 몰랐다. 그 때 그 순간의 감동과 결심들은 아직도 내 맘속에 선명히 각인되어 있다.

음악이 개인에게 하는 일들

루빈스타인을 만난 이후 난 내 스스로 갇혀 있었던 '빈집'에서 서서히 벗어난다. 진정한 아름다운 삶이 무엇임을 자각한 나는 '내 것이 아닌 열망'들에 이별을 고하면서, '빈집'에 나 스스로를 감금하지 않는다. 미운 오리 새끼처럼 생뚱맞은 존재인 나이지만, 루빈스타인과 같은 아름다운 모습, 즉 나이가 드는 것을 두려워하지 않고 끝까지 최선을 다해 살아갈 것을 결심한다. 그와 같은 모습으로 재탄생하기 위해 스스로를 사랑하기로 결심도 한다. 자기 파괴적인 질주 역시 멈추어 서서 지속가능한 전진을 위해 속도를 조절한다.

더불어 '내 것인 새로운 열망'을 모색하고 품으려 한다. '내 것이 아닌 열망'들을 버림으로써 젊음을 회복해갔다.

사회적
'사운드 오브 뮤직'
프랑스 샹송

프랑스 역사의 거울과 등불, 샹송

프랑스 샹송(La chanson franqaise)는 멜로디와 프랑스어 텍스트의 조화로 구성된 대중적인 노래이다. 프랑스어로 된 노래이기에 벨기에, 스위스, 캐나다처럼 프랑스어권 문화를 공유하는 나라들의 대중음악도 포함된다.

최초의 샹송은 11세기에 나타나 다양하게 변화 발전해왔지만, 쿠플레(le couplet, 절(節))과 르프랭(le refrain, 후렴)으로 이루어지는 형식은 변하지 않는다. 쿠플레는 서사를 전개, 발전시키고, 르프랭은 쿠플레의 내용에 일관성을 부여하고 주제를 반복 강화하는 역할을 담당한다. 많은 작가들은 쿠플레보다, 르프랭을 통해 자신이 말하고자 하는 바를 강조한다.

중세의 샹송은 '교회음악'과 대비되는 '세속음악'이었다. 노래는 교육 수단이기에 교회음악은 세속음악의 노래를 차용하여 작곡되기도 한다. 15세기 기욤 뒤파이(Guillaume Dufay, 1397~1474)는 베틀가 〈앉아 있는 아가씨〉의 멜로디를 빌려서 교회 미사곡을 작곡한다.

최초의 샹송은 트루바두르, 트루베르에서 유래하였다. 트루바두르는 남프랑스 지방의 로망어로 작곡된 세속음악으로, 시를 '낭송'하는 음악이기에 한 옥타브 이내의 음역을 가진다. 아키텐의 기욤 9세 백작이 최초의 트루바두르 노래를 작곡하였다. 이후 12세기 말 남프랑스의 트루바두르가 프랑스 북부, 독일, 이탈리아, 스페인 등으로 전파되면서 '트루베르'가 형성된다. '트루베르'는 베틀가, 풍자 노래, 권주가 등의 내용으로 시를 짓고, 시에 새로운 리듬과 멜로디를 추가하여 춤을 출 수 있게 만든 노래이다. 이는 듣기 위주의 트루바두르와는 달리 즐기는 음악으로, 춤곡으로 확대되면서 귀족, 부르주아, 평민 등 모든 계층의 사랑을 받게 된다. '트루베르'는 당시 사회문제에 관심을 가지고 이를 소재로 삼았다. 따라서 잘 알려진 인물에 대한 칭송 또는 풍자, 자연을 소재로 한 것, 궁정풍의 연가 등 다양한 내용을 담고 있다.

트루베르를 이어받은 샹송은 멜로디보다 텍스트에 비중을 둔 장르이다. 이런 전통은 16세기 피에르 드 롱사르(Pierre de Ronsard, 1524~1585)와 당대 여론의 집결지인 퐁네프, 19세기 몽마르트르 카바레, 20세기 작사-작곡-가수(sing a song writer)의 출현 및 생제르맹 데 프레와 함께 지속된다. 샹송은 센강과 몽마르트르를 중심으로 한 사회적 격변기의 여론 형성의 중심지에서 만들어 졌고, 프랑스 전역으로 퍼져 나간다.

샹송은 파리 중심의 표준어가 형성되는 데 큰 영향을 끼치는 등 사회적으로도 중요한 역할을 한다. 샹송의 3요소가 시, 멜로디 그리고 역사라고 이야기될 정도로, 샹송은 사회적이고 역사적인 장르이다. 샹송은 당대를 살아가던 사람들의 사랑과, 슬픔, 희망 등의 다양한 감정 표현을 통해 시대상을 대변해왔다. 샹송을 통해 프랑스인들은 일상의 기쁨과 슬픔을 공유했고, 아이들을 가르쳐왔고, 사회 변혁과 관련된 정보를 교환했다.

20세기의 샹송은 글로벌화되어 형식적 차원에서 이국적인 요소들(탱고, 랩, 재즈, 록 등)을 적극적으로 수용하였고, 환경보호, 사형제도 폐지, 에이즈, 이민자들, 학교, 가족 등의 사회문제를 다루었다. 프랑스 정부는 다양한 음악 축제와 전시회 등을 통해 샹송을 홍보하고, 샹송의 영역을 확장시킨다. 샹송은 이제 국경을 넘어 현대를 비추는 거울이고, 인류의 삶에 새로운 꿈을 꾸게 하는 등불이다.

자크 브렐, 실존적 메시지의 샹송

에디트 피아프(Édith Piaf, 1915~1963)는 가장 유명하고, 대표적인 샹송 가수이다. 그녀는 자기 삶의 격정 및 시련 속에서 〈장밋빛 인생〉, 〈사랑의 찬가〉 등의 유명한 곡들을 탄생시켰다. 자신의 목소리와 노래만으로 평가받고 싶어 한 에디트 피아프는 항상 검은색 드레스만을 고집했을 정도로 음악에 대해 엄정한 예술가였다. 그녀는 가난하고 불행한 사람들의 슬픈 사랑 이야기를 통해 소외된 사람들의 삶의 애환을 표현했고, 반복되는 불행과 시련 속에서도 꿈과 희망을 노래한 '샹송의 여왕'이었다.

시대와 사회의 과제와 전망을 노래한 샹송 가수로는 샤를 트레네(Charles Trenet, 1913~2001)도 있다. '노래하는 미치광이'라는 별명의 트레네는 샹송의 시적 차원을 고양시켰고, '인민전선'의 분배 정책을 샹송을 통해 주도했다. 2차 세계 대전이란 격동기에서 시대의 절망과 사랑의 슬픔을 연결시켜 나치에 저항하고 프랑스에 대한 애국심을 강화하여 프랑스인들이 독일군의 지배에 저항하는 첨병이 되었다.

에디트 피아프의 연인이었던 이브 몽탕(Yves Montand, 1921~1991)은 자크 프레베르(Jacques Prévert, 1900~1977)의 시에 붙여진 〈고엽(Les feuilles mortes, Autumn Leaves)〉을 부른 샹송 가수이다. 정치에 관심을 가졌으나, 정치인이 아닌 인권

운동에 관심을 가진 평화운동가로서의 역할을 음악을 통해 수행했다.

트레네와 이브 몽탕에 대한 프랑스 전 국민적 열광으로 인해 프랑스의 시민 의식을 더욱 성숙해졌고, 보다 넓은 시야와 전망을 확보하게 된다.

1950년대 LP레코드의 등장 및 음반 기술의 발달로 인해 대중의 취향은 변모한다. 가수의 아름다운 목소리만을 추구했던 대중들은, 샹송의 미학적 가치에 대해 요구하기 시작했다. 그리하여 샹송은 '작사–작곡–가수'로 전문화된 음악인에 의해 질적 향상 및 개인의 독자성을 추구하게 된다.

자크 브렐(Jacques Brel, 1929~1978)은 불어권 벨기에(플랑드르)에서 태어났으나, 평생 파리에서 활동한다. 자크 브렐의 샹송은 아름다운 멜로디를 지녔다. 또한 자신의 정체성인 플랑드르 방언에 섞어 과장되고 다양한 음색을 구현하여 브렐만의 독자적 입지를 구축한다. 특히 브렐은 '생 제르맹 데 프레의

황금시대', '리브 고슈(센강의 좌측)'에서 샤르트르, 카뮈, 보부아르, 레이몽 크노, 보리스 비앙 같은 실존주의 작가들과 교류하면서 문학적 텍스트에 중점을 둔 '리브 고슈 샹송'을 주도한다.

자크 브렐의 〈재회를 위한 송가〉는 당신을 위해 나의 마음, 사랑, 웃음, 열정, 영혼, 심장, 불꽃 등등 모든 것을 바치고, 당신은 나의 모든 것이니 부디 돌아와달라는 강렬한 사랑의 노래이다. 〈늙은 연인들의 노래〉는 오랜 세월 함께한 연인들의 삶과 사랑, 갈망을 묘사하고 있다. 오랜 세월 동안 수많은 이별과 재회 속에서 더이상 매력도 느낄 수 없고 불꽃같은 사랑도 식어버렸지만, 그 모든 것을 초월한 변함없는 사랑과 신뢰를 노래한다. 또한 자신의 딸인 이사벨라의 잠자는 모습, 웃는 모습, 노래하는 모습 속에서 자크 브렐은 우주가 멈추어버리는, 진정한 천국을 느끼고 그것을 예찬한다. 쿠플레를 통해서 사랑의 감정을 상세히 기술하고, 후렴구를 통해 사랑의 기쁨과 갈망을 강조한다.

현대적 시각에서 볼 때, 이 샹송들은 사회적 이슈를 전혀 느낄 수 없는, 개인적인 사랑과 기쁨을 노래하고 있다. 그러나 당대의 시각에서 보자면 자크 브렐은 거대한 이슈 및 본질이 쟁점인 시대에 개인 실존이 가지는 의미를 연인과의 관계 회복과 묵은 사랑에서 느끼는 안정감 및 아이에서 느끼는 충만감 등을 통해 모색하고 있다. 장 폴 샤르트르의 '실존은 본질에 선행한다', 즉 한 개인의 삶의 양상이 거대담론인 본질을 구성하는 신, 국가, 자유, 이념 등보다 더 중요하다는 실존주의의 명제의 예술적 실천이라고 볼 수 있다. 브렐의 노래를 통해 우리는 떠나간 연인과 재회를 갈망하는 실연당한 사람의 아픔, 오래된 연인에게 느끼는 안정감 있는 사랑, 사랑하는 딸의 노래와 웃음, 잠자는 모습을 바라보는 아빠의 사랑에 공감한다. 공감을 통해 '너'의 노래는 '우리'의 노래가 된다. 특히 브렐 샹송의 아름다운 선율은 우리가 일상에서 느끼는 감정을 탈일상화하여, 삶의 새로움과 존재의 실존적 의미를 부여한다.

68혁명 이후 샹송은 세르주 갱스부르, 미셸 폴라레프 그리고

80년대 이후 르노와 장-자크 골드망에 의해 부의 분배와 평등 및 인종 차별 등의 이슈를 내세워 사회적 샹송의 계보를 지속시킨다.

샹송의 힘, 소리의 힘

샹송은 프랑스 역사의 산물이자 사회의 거울이다. 사회성과 전혀 무관해 보이는 어린 시절의 추억이나 삶의 여러 순간에 대한 묘사에도 샹송은 당대 대중들의 삶을 형성화하였고, 그를 통해 여론, 공동체 의식 및 집단 지성을 형성하는 데에 큰 역할을 감당하였다. 프랑스 민중들은 샹송을 통해 공감하였고, 열광하였고, 단합하여 새로운 시대를 주도해갔다. 샹송은 자본에 의해 산업화되었음에도 불구하고, 그 본질은 사라지지 않고 천년을 이어온 동력을 유지한다.

시인들은 사라지나 시구절은 영원하듯이, 음악가들이 사라지더라도 그들의 정신이 담긴 노래는 영원하다. 그 노래는 인류의 가슴과 가슴으로 전달되어, 누군가의 심장을 뛰게 하고 뜨겁게 한다. 그것이 바로 샹송의 힘이었고, 그것이 바로 음악이 지닌 힘이다.

영화 〈사운드 오브 뮤직〉은 음악이 개인의 상처를 치유하기도 하고, 보다 나은 사회를 지향할 수 있는 사회적 메시지를 담고 있음을 우리에게 알린다. 내 삶에서도 음악은 항상 저 두 가지의 소리가 공존했다. 음악은 개인적으로 위안이 되어, 다시 살아갈 힘을 주기도 했다. 말로 인해 갈등과 다툼으로 사이가 틀어져도, 음악적 소통을 통해 진심을 읽고 화해했다 음악이 사회에 던질 수 있는 메시지의 강력함과 사무침, 변혁을 향한 동력 또한 확신한다.

오르페우스의 음악은 모든 것을 잊고 멈추게 했다. 우리도 잠시 멈춰서서 음악을 마음과 영혼으로 공감할 수 있다면, 인생은 좀 더 살 만한 무엇이 아닐지, 세상은 좀 더 아름다운 무엇은 또 아닐런지…….

Cho Kyu Nam

조 규 남

노래가 뜨겁다

조영남의 클래식

조규남

전남 보성에서 태어나 성장했다. 방송대 국어국문과를 졸업하고 1998년 수필로 등단, 10년 후 소설로 등단하고 활동, 2012년『농민신문』신춘문예에 시가 당선되어 시를 쓴다. 시집『연두는 모른다』와 소설집『핑거로즈』가 있다.

노래가
뜨겁다

또 시작하셨네.

불평인지 아닌지 모를 남편의 말이었다. 한밤중에 어머니의 노래가 시작되면 나는 이상기류를 형성해 홀로 떠돌았다. 전혀 퉁명스러운 말투가 아닌데 자기 어머니가 아니어서 불평한다고 오해하며 신경을 곤두세우다가 금세 시무룩해지기 일쑤였다.

노랫소리가 적막에 균열을 내며 잠을 앗아갔다. 문간방에서 들려오는 노들강변, 목포의 눈물, 앵두나무 우물가에…… 처녀 뱃사공, 봄날은 간다. 곤한 잠을 방해받은 남편이 끙 돌아누웠다. 나는 죄지은 것도 없이 죄인이 되었다. 어머니가 무슨 큰 잘못을 하고 계시는 것처럼 안방 문을 조심스럽게 닫았다. 그래도 노랫소리는 두꺼운 어둠을 뚫고 선명히 들려왔다. 한 번도 들은 적 없는 어머니의 노래였다. 구성졌지만 처량했다. 어느 구절은 흥겹게 들리기도 했다.

어머니가 저렇게 노래를 잘하셨나?

홀로 자식들 건사하는 데 급급해 유행가는 모르시는 줄 알았다. 흥얼거리는 콧노래도 들은 적 없어 전혀 관심이 없는 줄 알았는데 언제 가사와 음정을 익혔는지 정확히 들어맞았다. 뿐만 아니라 젊은 사람 못지않은 맑고 낭랑한 목소리였다.

요즘 미스트롯, 미스터트롯 프로그램이 많은 방송 채널을 차지하고 있다. 트로트 프로그램에 나온 가수들은 근래에 유행된 노래도 많이 부르지만 까마득히 잊어버린 옛 노래도 많이 부른다. 우리 세대에 불렀던 노래와 부모님 세대가 즐겨 불렀던 노래를 풋풋한 가수들이 부르는 것을 보면서 흥얼흥얼 따라한다. 그러면 코로나19로 갇혀 사는 답답함이 해소되는 것 같다.

우리 집 문간방은 거실을 가운데 두고 안방과 마주 보고 있고, 작은 방은 안방과 나란히 배치되어 있다. 어머니를 모셔오면서 어느 방에 모실까 고심했다. 한가하고 조용한 건 작은 방이지만 밖이 보이지 않았다. 출입문을 닫아버리면 캄캄할 뿐만 아니라 창문을 열어도 상가 차양만 멀겋게 보였다. 그래서 옆집 옥상 화단이 환하게 들어오는 문간방에 모시게 되었다.

작은 방에 모셨으면 잠을 방해받지 않았을까? 좀 더 쾌적한 환경을 만들어드리려고 문간방에 모셨다. 하지만 문간방도 버티고 선 거실 벽 때문에 티브이 시청을 제대로 할 수 없어 답답하긴 오십 보 백 보였다.

평생 당신의 집을 떠나본 적이 없는 어머니였다. 딸들 집에도 당일치기로 다니셨다. 갑자기 자리를 보전하고 누워버린 통에 당신 의사와 상관없이 우리 집으로 모셔오게 되었다. 오래도록 함께 산 큰오빠 내외의 고생을 덜어주기 위해서였는데 어머니는 갑자기 바뀐 환경을 적응하지 못하고 몸부림치셨다.

어멈아, 나 우리 집에 갈란다, 나 집에 가고 싶다.

어머니는 두서너 달이 넘도록 나를 붙잡고 애원했다. 그러더니 어느 날부터 포기를 하셨는지 저녁만 되면 노래를 부르기 시작했다.

어머니를 모셔오면서 나는 활동하던 많은 일을 접었다. 함께 시간을 보내고 싶어서였다. 그런데 막상 같이 살다 보니 맘먹은 대로 되지 않았다. 삼시세끼 챙겨드리고 양치와 세수, 옷을 갈아입히고, 일으키고 눕히는 일이 고달팠다. 어머니와 화기애애한 시간을 보내고 싶었는데 웃는 얼굴로 마주 앉을 여유가 없었다. 기저귀를 갈고 나면 허리가 아파 침대를 붙잡고 매달리면 어머니는 글썽글썽한 표정으로 나를 바라보았다.

어머니는 내가 안쓰러워서 나는 어머니 시중드는 일이 버거워서, 서로가 서로를 밀어내게 되었다. 밀어내고, 밀리는 관계가 될 수 없는데도 말이다. 나는 어떻게든 어려운 환경을 기꺼이 이겨내야 한다고 이를 악물었지만 생각과는 달리 자꾸 인상이 찌푸려졌다. 어머니도 편편치 않으실 거라는 것을 뻔히 알면서.

잘하기보다 힘닿는 데까지만 하자.

만사를 잘해드리려고 애를 쓰다가 덜컥 병이라도 나면 난감한 일이 생길 것 같았다. 그래서 청소를 하다가도 어머니의 침대에 걸터앉아 함께 노래를 불렀다. 한 시간이고 두 시간이고 아는 레퍼토리를 모두 풀어냈다. 나는 목이 아파 끝만 따라하거나, 시작만 해주면 어머니는 마저 다 부르셨다. 서로 의지하며 연주하는 다정한 모녀 기타처럼 노래는 나의 고달픔을 잊게 해주고, 어머니의 지루함을 덜어 주는 힘이 되었다.

집에 갇혀 사는 시간이 길어지면서 코로나블루를 앓는 지인들이 많다. 불면증, 두통, 집중력 저하, 무기력 등을 하소연한다. 나 역시 마찬가지다. 강제 격리가 아닌, 스스로 격리를 하는 일에 이젠 지쳤다. 사람이 그립다. 어울려 밥도 먹고 수다도 떨고 싶다. 마스크를 시원하게 벗어던지고 즐기고 싶지만 그럴 수 없는 게 엄연한 현실이다. 보이지도 잡히지도 않은 바이러스를 이기는 일은 지켜야 할 수칙을 꼼꼼히 지키는 것이다. 그래야 위드 코로나를 극복하고 포스트 코로나를 준비할 수 있다고 생각하면서도, 혼자 지내는 일이 도무지 익숙해지지 않아 바깥세상의 자유를 갈망한다.

그동안 지지부진하던 백신 접종이 빠르게 진행되고 있다고 한다. 지금의 어려운 시기는 어떻게든 지나갈 것이다. 어머니가 우리 곁을 떠나듯 인간 세상의 모든 것에는 끝이 있다.

자의로 몸을 움직일 수 있는 건강을 가졌다는 게 얼마나 행복한가. 마음대로 산책을 할 수 있다는 것이 얼마나 역동적인가. 단순히 사람들을 만나지 못하고, 쇼핑이나 여행, 외식을 못해서 답답해 죽을 지경이라고 아우성을 치는 게 얼마나 철없는 엄살인가.

운신하지 못하고 누워만 계시던 어머니의 답답함은 이루 말로 다할 수 없었으리라! 텅 빈 문간방에 앉아 어머니와 함께 불렀던 노래들을 불러본다. 고달프면서도 행복했던 그 시절 그 노래가 뜨겁다.

조영남의 클래식

행사장으로 올라가는 길은 입구부터 꽃향기가 두텁게 깔려 있었다. 꽃들을 거느린 다채로운 구경거리들이 많았다. 분수대가 있고, 아이들 놀이터가 있고, 동물원이 있고, 그림을 전시하는 야외 전시장이 적절하게 배치되어 있었다.

나는 그런 볼거리들보다 흐드러지게 피어 있는 꽃들이 마냥 반가웠다. 백합처럼 생긴 소담스러운 꽃이 시선을 잡아끌었다. 흰색과 분홍색이 어우러져 피어 있는, 화려하고 도도한 꽃이었다. 누군가가 카사블랑카라고 했다. 모로코 휴양 중심지인, 하얀 집이라는 항구도시의 이름과 같아 외래종임을 알 수 있었다. 이국적인 모습과 잘 어울리는 멋진 이름이었다.

나는 쌈빡한 꽃에 반해 한참을 넋을 잃고 서 있었다. 짙은 향기가 코끝에 가득 고여 들었다. 향기에 마취되어 정신이 몽롱해질 때야 여귀풀꽃, 고마니똥풀꽃 같은 우리나라 토종 야생화로 시선을 옮겼다. 청초한 모습이었다. 잔잔한 분위기를 껴입은 그것들이 들뜬 내 마음을 차분히 가라앉혀주었다. 꽃들은 모두 아름답지만 아무리 바라봐도 질리지 않은 꽃은 우리나라 야생화가 으뜸이라는 생각이 들었다.

꽃들에게 말을 걸기도 하고 빨간 열매들을 만져보기도 했다. 꽃과 열매도 때에 맞춰 피고 맺기 위해 열심히 양분을 흡수하고 또한 배출했을 것이다. 비바람과 어둠의 공포를 견뎌내고 화려하게 한 시절을 장식하고 있다. 나는 그것들을 감상하며 천천히 걸었다. 스치듯 구경을 해도 꽤 오랜 시간이 걸릴 만큼 방대하고 넓은 식물원이었다. 나는 끝내 속속들이 구경하는 것을 포기하고 행사장을 향해 발걸음을 옮겼다.

산중턱에는 잔디밭이 넓게 펼쳐져 있었다. 잔디밭은 한층 싱싱하게 나를 맞는 것 같았다. 주위를 둘러보니 이미 나무그늘에 자리 잡은 사람들로 대만원을 이루고 있었다. 햇살이 날카롭게 내려앉은 의자들만 비어 있었다. 무대와 가까워 공연을 보기에는 좋을 것 같았지만 여과 없이 쏟아지는 햇살을 안고 앉아 있기에는 너무 더울 것 같았다. 하지만 무대와 멀리 떨어진 곳에 자리 잡기는 더욱더 싫어서 일행들이 모여 있는 곳에 자리를 잡았다. 무대가 가까운 앞자리였다.

음침한 카페나 방송국 공개홀이 아닌 곳에서, 대낮에 공연을 보게 된 것은 처음이었다. 그것도 햇살이 쏟아지는 단조로운 야외무대여서 생소했다. 맨 처음 나온 가수가 김세환이었다. 〈토요일 밤에〉라는 노래로 꽤 친근하게 느껴지는 얼굴이었다. 김세환이 혼자 노래한다기보다 모두 함께 했다. 덥지만 손뼉을 치며 흥겹게 즐겼다. 시와 노래와 그림이 있는 어울림 축제였기 때문에 더욱 좋았다.

조금은 낯선 코미디언들이 나와 웃음을 흠뻑 안겨주고 들어갔다. 뒤를 이어 무명가수들이 노래를 불렀고, 그 사이사이 지역 문인협회 시인들이 시를 낭송했다. 가장 인상적인 가수는 트로트를 부른 소년이었다. 보기만 해도 풋풋한 앳된 얼굴이었다. 애교 있는 몸짓으로 맛깔스럽고 간드러지게 노래를 불렀다. 청초한 야생화 추파처럼 주체할 수 없는 감동의 물결이 일렁였다. 소년의 노래는 낮은 곳에서부터 솟구치는 작은 물줄기가 큰 우물을 채워 가는 듯했다.

따가운 햇살만큼이나 분위기가 한껏 고조되어갔을 때였다. 대형가수인 조영남이 등장했다. 텔레비전에서 보는 것보다 더 왜소하고 촌스러웠다. 다소 실망스러웠다.

조영남의 부드럽고 매끄러운 목소리가 산골짜기로 퍼져 나갔다. 참으로 감미로웠다. 스펀지가 물을 빨아들이듯 대중을 빨아들였다. 어눌한 재담과 힘차고 시원한 노래, 그의 히트곡들은 모두가 내게 친숙했다. 하늘을 차고 오른 듯한 〈제비〉와 경쾌하고 힘찬 〈딜라일라〉. 조영남의 무대는 더없이 풍성한 가을빛 같았다.

청중들은 널리 알려진 〈화개장터〉를 불러주기를 원했다. 조영남은 차마 충청도 행사장에서 경상도와 전라도를 소재인 노래를 부르기 곤란한 모양이었다. 결국 〈화개장터〉를 부르지 않고 무대를 내려가고 말았다. 아무리 대중이 원해도 자신이 하기 싫으면 노래를 안 하는 가수라고 사회자는 말했다.

여기저기서 앙코르, 앙코르가 빗발쳤다. 열화와 같은 앙코르에 못 이겨 조영남이 다시 무대로 올라왔다. 모두들 〈화개장터〉를 불러달라고 박수를 쳤다. 조영남은 화개장터보다 더 멋진 사랑의 클래식을 불러주겠다고 했다. 나는 잔뜩 기대했다. 나뿐만이 아니었을 것이다. 모두가 그랬을 것이다.

음향기사가 기기를 조정하는 동안 감미로운 목소리로 울려 퍼질 세련된 클래식을 상상했다. 시원스럽고 달콤한 목소리로 드높은 하늘과 무르익은 가을 산골짜기를 채울 클래식, 가슴 설레는 전주가 나오고 조영남의 풍부한 성량이 초록빛 잔디밭을 들어올렸다. 사~ 자가 길어질수록 온몸이 공중으로 솟아오른 듯 황홀해졌다.

길게 뻗어 오른 사가 랑으로 이어질 때 여기저기서 어이없는 웃음이 터져 나왔다. 그것은 격조 있고 세련됐다는 서양의 클래식이 아니었다. 우리가 흔히 흘러간 옛 노래라고 말하는 〈홍도야 울지 마라〉였다. 어떤 클래식보다도 흥겹고 정겨운 노래였다. 관객들은 모두 손뼉을 치며 따라 불렀다. 혹자는 격조를 운운할지도 모르지만 어디에 내놓아도 손색이 없는 토종 야생화 같은 질리지 않은 노래였다.

조영남의 클래식은 대중을 단번에 사로잡았다. 곧바로 이어진 〈무너진 사랑탑〉, 〈이별의 부산정거장〉, 누구도 예상하지 못한 대형가수의 클래식이 멋지게 울려 퍼졌다.

나는 조영남의 촌스러운 검은 뿔테 안경이, 왜소한 외모가, 조금 모자란 듯 어눌한 말솜씨가, 어디로 튈지 방향을 예측할 수 없는 기인적 기질이, 초라한 옷차림이 더없이 멋지고 매력적으로 보이기 시작했다. 난생처음 들어본 조영남의 클래식이 소탈한 향수를 안겨주었다. 엉뚱하고 유머러스한 그가, 그의 노래가 생명력이 긴 가수가 되었을 것이다. 멋진 목소리와 더

불어 청중들을 열광하게 하는 원동력일 것이다. 언제 들어도 친근한 흘러간 옛 노래가, 조영남의 클래식이며, 곧 우리들의 클래식이다.

Cho Yeon Hyang

조 연 향

잊혀진 계절

노래와 울음 사이

조연향

경북 영천에서 태어났다. 경희대학교 대학원 국문과에서 박사학위를 취득했으며, 1994년 『경남신문』 신춘문예, 계간지 『시와 시학』 신인상으로 등단했다. 저서에 『김소월 백석 민속성 연구』, 시집으로 『제1초소 새들 날아가다』 『오목눈숲새 이야기』 『토네이토 딸기』 등이 있다. 현재 경희대와 육군사관학교에 출강하고 있다.

잊혀진 계절

큰언니는 나직이 말했다.

"애들아, 너희들은 어떻게 죽을래? 아파서 어떻게 죽을래? 죽는 것은 겁나지 않는데 아픈 것은 더 못 참겠다!"

작은언니와 내가 준비해 갔던 불고기를 맛있다며 먹고 군밤도 부지런히 까 먹었으면서

"잘 먹고 힘이 있어야 그곳에 갈 수 있지 않겠나?"

나와는 열 살이 넘게 나이 차가 나지만, 두 살 터울인 두 언니는 어릴 적부터 동고동락하면서 성장했으므로 친구처럼 동질감이 더 있었던 것은 분명했다. 그러나 우리 세 자매는 형제만큼 좋은 것이 어디 있냐면서 멀리 떨어져 살아도 늘 보고 싶어 했고, 공동운명체처럼 나이를 먹어갔다.

비록 병실이었지만, 형제는 몸을 붙이고 한 침대에서 밤새 두런두런 밀린 이야기를 나누는 것 같았다, 두 언니의 이야기를 들으면서 나도 겨우 잠이 들었는데 큰언니가 설핏 망망대해 속으로 사라지는 것이었다. 꿈이었다. 지워버리고 싶은 자막이었다.

친척들과 많은 지인이 병실을 다녀갔다. 문안객이 돌아갈 때 큰언니는 일일이 돈봉투를 다 줘서 보냈다. 신부님과 수녀님께서도 오셔서 미사를 봤다. 신부님 앞에 두 손을 모으고 고개를 숙인 채 기도를 올리는 언니의 모습은 숙연했고 마치 먼 바다를 홀로 떠나는 외로운 돛대 같았다. 기도를 끝내고 고개를 들 때는 눈이 젖어 있었다. 그러나 신부님과 수녀님이 돌아가시고는 금방 기분이 좋아진 것 같았다. 아니 스스로 맘을 추스르는 것 같았다.

사람들이 둘러싸고 있으니까 너무 행복하다고 했다. 자기는 어릴 적부터 사람이 많이 모여 있으면 그냥 신이 났다고, 그래서 명절에 왁자할 때가 좋았고 노래 교실도 사람들이 많아서 좋고.

어쨌든 언니는 나와는 다르게 쾌활한 성격이었다. 칠 남매 맏딸로서 동생들 다 건사하고 무슨 일이든 앞장서서 평생 봉사 헌신하는 삶을 살았건만 폐섬유증이라는 끔찍한 병을 앓게 되었다.

그러나 자신의 지병에 대해 전전긍긍하지 않았다. 자주 죽음에 관해서 이야기하면서도 아픔을 잘 견디어왔는데 갑자기 병세가 악화하여서 입원하게 된 것이다.

작은언니와 나는 부랴부랴 대구에 있는 병원으로 달려갔다. 코에는 산소 호흡기가 꽂혀 있었지만, 모르핀의 영향인지, 큰언니는 아픔도 잊고 자신 앞의 죽음에 대해서도 너무나 태연하게 말했다.

"나는 어디에 가도 사람들 기분을 맞추어주는 사람이었어, 내가 나타나면 다들 좋아했지."

그러더니

"노래 하나 불러야지. 이제 눈 감으면 하고 싶은 노래도 못 하잖아."

그러더니 갑자기 두 손을 흔들어대면서 흥에 겨운 듯 이용의 〈잊혀진 계절〉을 부르는 것이었다.

"지금도 기억하고 있어요/시월의 마지막 밤을/뜻 모를 이야기만 남긴 채 우리는 헤어졌지요……."

비록 음악 반주는 없지만, 음성은 병실을 통째로 다 울리고도 남았다, 75년을 견뎌온 아픔과 슬픔 그리고 사랑이 고스란히 녹은 목소리가 허허롭게 울려 퍼진다.

"그날의 쓸쓸했던 표정이 그대의 진실인가요/한마디 변명도 못 하고 잊혀져야 하는 건가요……."

큰언니는 평소 노래 부르기를 좋아해서 노래 교실을 즐겨 다녔다, 목청을 가다듬고 노래를 하는 그 얼굴은 도저히 중병을 앓고 있다든지 곧 죽음을 앞둔 사람의 모습이 아니었다. 몸은 아프지만, 목소리만은 맑고 쾌청했기 때문이다.

"언제나 돌아오는 계절은 나에게 꿈을 주지만/이룰 수 없는 꿈은 슬퍼요…….”

죽음에 대한 두려움과 통증에 대한 고통의 기색을 찾아볼 수 없었고, 노래 부르면서 우리를 오히려 즐겁게 달래주는 것 같았다.

그렇게 노래에 맞추어 손뼉도 같이 치면서 관객처럼 서 있던 문병객들이 하나둘 돌아가고 나 혼자 남아 있었던 것 같다. 큰언니의 아들과 작은언니도 그들을 배웅하러 잠시 복도로 나갔을 때였다.

언니는 나에게 커튼을 좀 닫아달라고 한 뒤, 변기를 가져다 달라고 했다. 그런데 소변을 보는데 몹시 힘을 주면서 버거워하는 것이었다. 그 변기를 치우고 난 뒤였다, 물 한 컵을 원해서 물을 건네는 순간, 언니는 갑자기 호흡이 가빠지면서 숨을 몰아쉬었다. 나는 깜짝 놀랐다.

“언니! 왜 그래? 왜, 왜, 소변줄을 안 끼운 거야? 간호사에게 줄 끼우라고 해야겠다.”

바깥으로 나가려고 하는데 언니가 내 손을 꽉 잡는 것이었다. 언니 손을 뿌리치고 간호사를 불러왔다. 언니는 그 자리에 앉아서 입술을 꽉 깨물고 있었다. 그리고 마지막 숨을 들이쉬는 것 같았다.

나는 소리쳤다. 정신없이 복도에 있는 조카와 가족들을 다 불러들였다. 이미 앉아서 숨을 거둔 뒤였다. 언니를 침대에 눕혔다. 불과 몇 분 사이에 일어난 일이었다. 〈잊혀진 계절〉의 노랫가락이 병실에 채 아직 가시지 않았건만 언니는 이미 이 세상 사람이 아니라니, 어처구니없었다.

나중에 알게 되었지만, 폐에 물이 차서 손 쓸 도리가 없다는 진단이 내려진 상태였다. 이미 병원에서는 가망이 없다고 했으나 모르핀으로 근근이 견디는 중, 본인이 모든 연명치료를 거부했다고 형부에게서 듣게 되었다. 내가 '소변줄, 소변줄' 하면서 간호사를 부르러 나가려 했을 때 언니가 내 손을 꽉 잡았던 이유를 알게 되었다.

나는 형제를 통해 삶과 죽음의 간극을 여실히 보았으나, 그

것이 어떤 것인지 아직 실감할 수가 없다.

부모님이 세상을 뜨고, 형제가 또 세상을 뜨고서야 사람이 저렇게 죽는 거구나. 우리 모두 언젠가는 이 지구를 다 떠나는 거구나. 더 볼 수 없는 거구나.

죽음이란 산 자의 몫일까 죽은 자의 몫일까.

언니가 병실에서 마지막으로 남기고 간 그 노랫소리는 오래도록 우리 가슴에 특별하게 남아 있을 것이다. 어떻게 그렇게 죽음을 두려움 없이 태연하게 맞을 수 있을까.

그날 오전에 이미 형부와의 마지막 인사도 나누었다고 했다. 목전에 자기 죽음을 다 알고 마음의 준비를 다 하고도 그렇게 밝을 수 있다니, 삶에 대한 모든 미련도 훌훌 떨쳐버린 그 심정은 어떠할까,

잊혀진 계절은 우리에게 잊히지 않은 계절이 되었다. 영혼은 차마 시월의 마지막 밤을 잊었을까, 어쩌면 눈을 꼭 감고도 처녀 시절 그렇게 부르고 싶었던 섬마을 선생이나 부르고 있을

까. 아까 꿈에서 차를 탔는데 자기의 자리가 없었다더니, 그 버스를 잘 올라탄 것일까. 돛단배를 타고 먼바다로 어디쯤 가고 있을까.

유행가 가락이 저속하다고 아버지께서 후들기던 그때, 고향 동네는 항상 왁자했다. 명절에는 윷을 놀고 그네를 타고 골목길에는 사람들이 왁자지껄도 했다만 지금은 빈집들이 옛 마을을 지키고 있을 뿐이다. 어디선가 언니가 부르던 구성진 가락이 튀어나올 듯하다.

어느 봄날 유행가 노랫소리는 우리 집 담 너머 골목길까지 울려 퍼지곤 했다. 마침 바깥일을 보고 골목길을 막 들어오는 순간 아버지는 그 노랫소리를 듣고 말았다. 그것은 열여덟 순수한 동네 처자들과 언니가 작은 방에서 부르는 〈섬마을 선생님〉이라는 노래였다. 농번기가 지나고 한가한 때에는 모여서 꽃 자수를 놓고 이런저런 이야기꽃을 피우면서, 모처럼 노래를 벗 삼아 보내는 한가한 시간이었는데…….

막 전파를 타기 시작한 유행가는 이제 마을을 조용히 들썩이게 했을지도 모른다. 시절인연이라는 말이 있듯이 변화해가는 시대의 조류를 어찌 막을 것인가.

그런데 아버지께서는 앞마당에 들어서자마자 지게 지팡이를 들고 후들기면서 양반네 규수들이 어디 그런 저속한 노래를 부르고 있느냐고 돌벼락이 떨어졌다. 다들 걸음아 나 살리라고 도망쳤다.

그렇게 풍비박산이 난 뒤로는 아버지의 그림자라도 얼씬거리면 절대로 숨을 죽이고 조용히 했을 뿐. 그러나 아버지가 어디 출타라도 하시면 맘껏 노래를 부르곤 했었지. 언니는 깔깔거리며 그래도 옛날 그때가 좋았다고 입에 거품을 물고 지나간 시절을 그리워하곤 했었다.

이렇게 입담이 좋은 큰언니는 자주 이야기보따리를 풀어놓곤 했다. 내가 어려서 기억이 안 나는 사실들을 전해 들을 때는 마치 눈앞에 그 풍경이 펼쳐지듯 눈에 선했다. 그 아득한 처녀 시절을 떠올리며 들려주는 이야기는 고향에 대한 그리움과 신비로움을 불러일으킨다, 어릴 적 내가 가지고 있던 기억과 함께 더 풍요로운 상상을 하게 하기 때문이다.

그때만 해도 읍내에 나가야 영화라도 한 편 볼 수 있었고 몰래 영화를 보게 되면 큰 자랑거리였다고 한다. 동네 어른들은 네 자식 내 자식 할 것 없이 과년한 자식들 단속하는 것이 큰 숙제였다. 뻔히 다 아는 집성촌에 불미스러운 일이라도 생길까 봐 노심초사했었다고 들었다.

라디오를 타고 번지는 유행가는 막 성장해가는 처녀, 총각들의 가슴을 얼마나 설레게 했을까. 어른들은 뭐 고약한 내용이라고 듣지도 말고 하지도 말기를 단속했다니. 하물며 연애소설을 보다가 들켜서 그 책을 불 아궁이 집어 넣어 버렸다고 지금도 작은언니는 하소연한다. 그래서 언니들의 성장기는 나에게는 아름답고도 안타까운 서사가 되기도 했다. 비록 이렇게밖에 표현하지 못했지만,

어느 날강도가

해당화 모가지 툭 분질러 갈까 봐

봄이면 담장 너머 휘파람 소리 꽃바람 소리

그 소리에 눈 맞았다고

아버지는 시퍼런 가윗날로

삼단 같은 머리채를 싹둑싹둑 자르기도 했지!

언니의 가슴속 버들개지들 다 잘라버렸지

언제쯤 저 탱자 울타리 답장을 기어나가 달빛 속에

흰 젖무덤 살갖을 드러내고

섬마을 선생을 한번 길게 뽑아볼까나

계집과 사기그릇은 내돌리면

깨진다고.

아버지는 과년한 딸들을 철저히 가두었지

그렇게 가두고 고이 지켰던

얼마나 대단한 것이 순결이라고

그것과 행복은 상관이 있는 것도 아니고

없는 것도 아닌

그런 것 몰랐던 내 나이 미운 일곱 살 때였지

뒤뜰의 고욤나무 그늘과 놀고 있을때

— 졸시, 「미운 일곱 살의 순결」

두 언니의 끔찍한 추억을 도둑질한 것처럼 조금은 민망했지만, 그래도 네가 우리 마음을 알기나 하겠니 하면서 웃어넘기곤 했다.

폐가 굳어가는, 즉 섬유화되어가는 병. 나머지 온전한 부분이 50%, 30%, 그런 이야기를 그렇게 실감 나게 믿지는 않았다. 워낙 활달하고 대범했으니까 죽음의 순간이 그렇게 가까이 와 있다는 것을 어찌 알겠는가.

그날이 마침 늦가을 그 계절을 더 못 잊는 것은 〈잊혀진 계절〉이라는 노래 때문이다, 세상에 노래를 부른 뒤 단 몇 분 뒤에 숨을 거둔 이 또 있을까. 앉아서 숨을 거두었으니 이 또한 좌탈입망이 아니고 무엇인가. 자신의 장송가를 스스로 부르고 간 사람.

노래와 울음 사이

내가 처음 노래라는 것을 처음 들었던 때가 언제였을까,

아마 초등학교 1학년 정도였던 것 같다. 어느 겨울날 너무 추워서 손이 문고리에 쩍쩍 달라붙었는데 그 무쇠 문고리에 아주 작은 라디오가 걸려 있었다. 라디오에서 노래가 흘러 나올 때 가만히 귀를 대면, 가까이서 부르는 것처럼 생생했다. 학교에서 돌아오면 주위를 떠나지 못했다. 그 소리는 내가 가보지 못한 어떤 미지의 세계에서 들려오는 소리. 라디오 곁에서 숙제하고 라디오 곁에서 그림을 그렸다.

조그마한 네모 상자에서 흘러나오는 노래를 들으려 또래 아이들이 모여들었다. 시간상으로 거슬러 보면 육십 년의 시간이 흘러갔다, 초등학교에서는 작은 오르간이 한 대 있었다. 음악

시간에는 그 오르간을 이 교실 저 교실 옮겨가며 수업을 했던 기억이 어렴풋하다. 마치 라디오 속의 그 요정들처럼 나도 목소리를 가다듬으며 노래라는 것을 가만히 따라 불러보았다.

아버지는 아침마다 라디오를 켜놓고 시조창을 연습하셨다. 중학교 음악 시간에 오르간이나 피아노 소리에 맞추어 한껏 목소리 높이 가곡을 부르면 내 마음은 어느새 멀리 꿈을 따라 새처럼 온 하늘을 나는 듯 속이 확 터지는 것 같은데 아버지께서는 왜 저리 답답하고 느린 곡을 무슨 재미로 읊어댈까 하는 생각을 하면서도 노래인지는 모르지만, 뭔가 마음을 편안하게 하는 그 묘한 느낌이 있긴 있었다.

동창이 밝았느냐?
노고지리 우지진다

아버지의 소리는 저 초장을 넘어가질 못하고 늘 그 자리에서

맴돌기만 하셨다. 똑같은 구절을 계속 읊으셨다, 시조창은 내 곤한 새벽잠을 깨웠지만, 늘 안타까운 느낌이 들었다. 왜 더 이상 진도가 안 나가는가 하고.

시조창은 시조에 가락을 넣어서 부르는 것으로 문학 장르에 가깝다고 할 수 있다는 점에서 우리만의 독특하고 귀한 자산임에는 분명하다. 나이 들면서 관심을 조금 두게 되었지만, 따라 부르기는 그리 쉽지 않았다.

그야말로 많은 수련과 그만이 가지는 발성법을 터득해야 한다는 것, 목소리에 장단과 고저를 호흡으로 완급을 조절하면서 온몸으로 내는 소리는 많은 내공을 요하는 것 같다. 어떻게 들으면 대중가요나 가곡과는 달리 담백하고 무미건조하지만, 아마 자연에 가까운 소리, 풍류에 가장 가까운 음성 그래서 듣고 있으면 심심유곡에 부는 바람 소리 같기도 하고, 새들의 울음소리 같기도 하니 인간의 삶과 자연이 어우러진 가락이라 하면 표현이 맞을지 모르겠다.

또한, 노래 부르는 것을 '소리한다'라고 칭하는 것이 재미있다. 옛 선비들이 풍류를 즐기면서 "누구는 한 소리 한다"라고 할 때 그 수준이 매우 훌륭함을 뜻한다는 것이다.

"청산리 벽계수야 수이 감을 자랑 마라~"고 노래했던 황진이 그녀는 지나가는 벽계수 앞에서 시조창을 어떻게 읊었을지 새삼 궁금해진다, 세종의 증손자 벽계수가 황진이를 무시하고 앞만 보고 가는데 황진이가 시 한 수를 읊었다는 이야기가 전해 온다.

또한 옆집 총각이 상사병으로 죽자 상여가 황진이 집 앞에서 움직이지 않아서 황진이가 소복 차림으로 슬피 울고 속치마를 관에 덮어주자 비로소 상여가 떠났다고 한다. 훗날 이덕형이 『송도기』라는 책에서 진이는 아리따운 외모를 지닌 선녀였고 절창의 천재 시인이었다고 전한다.

절창의 천재 시인, 이렇듯 기생뿐만 아니라, 선비들도 시와 소리를 겸비해야 하는 것이 그 시대 풍류의 기본 덕목이 아니었나 싶다. 소리와 시로써 상대와 대작하고 자신의 의중을 펼치는 여유로운 멋은 지금 시대와는 멀고 아득히 먼 세계의 풍경일지도 모른다.

그러나 시조창뿐만 아니라, 국악도 전통적이고 독창적인 우리의 귀한 옛 소리인데 불구하고 까마득히 먼 나라 노래인 듯 멀리하고 살아온 것이 아닌가 싶다.

지금도 남도에서는 소리의 명맥을 이어오고 있는 것 같아 무척 다행이기는 하다. 요즘 한창 인기 절정인 트로트 가수들도 알고 보면 어릴 적부터 창을 통해서 소리를 터득했고 그 과정으로 해서 가락과 소리가 더 깊고 구성지게 갖춰졌다는 것은 증명이 된 터이다. 소리의 과정이 쉽지 않지만, 분명 현대음악의 바탕이 되지 않았나 하는 생각을 해본다.

그 시조창의 느린 가락처럼, 아버지께서도 풀어내고 싶은 한 같은 것이 가슴 깊은 곳에 숨어 있었는지도 모른다. 조상을 숭배하고 혈통을 중히 여기면서 살아온 집성촌을 어느 날 훌쩍 등지고 도시로 나오셨다.

그 후, 아버지께서는 오로지 생활인으로서 작은 사업을 하시면서 겨우 자식들 공부시키고 생계를 이어가야 하는 형편이었다. 궁핍한 생활 속에서 아버지께서는 새벽마다 잘 되지도 않는 시조창을 하셨으니, 그 소리를 잘 내기가 쉽지 않았던 것 같다. 나는 아버지의 완창을 들어본 적이 없다.

어머니는 임종을 앞두고 큰언니가 물었다. "엄마, 엄마, 엄마는 다시 태어나면 무엇으로 태어나고 싶소?" 그랬더니 엄마는 "나는 많은 사람 앞에서 노래 부르고 춤추는 사람으로 태어나고 싶다"라고 했다. 나는 요즘 가수들을 보면서 가끔 그런 생각을 한다. 저 가수 중에 혹 환생한 우리 엄마가 있을지도 모른다고.

자신이 음치라고 늘 강조하시던 그분이 그렇게도 한 곡조 시원하게 하고 싶던 노래는 있었을 거다. 노래를 부르는데 얼굴의 근육이 실룩거리며 온몸으로 불러보지만, 소리가 대체 시원치 않았다.

평소에 집안 어른들과 모여 앉아서 한다는 것이 가사(歌詞)를 읊으며 한을 달래던 세대, 그들에게 현대의 노래는 얼마나 신선하고 새로웠을까, 회갑이든 결혼식이든 잔치가 있으면 친척들이 집에서 엉켜 춤도 추고 노래도 했지만, 그 노랫소리는 아리랑과 같은 노래와 유행가가 뒤섞여 담장 바깥으로 흘러나가더라도 누구도 딴지를 걸지 않았다.

어머니는 그냥 가사(歌詞)를 읽거나, 금강경을 읽는 것, 즉 책을 읽듯이 그냥 흥얼거리는 것이 더 어울렸다. 그런 자신의 가락이 가수가 부르는 노래에 어디 비견할 수 있었을까, 그것이 맘속 깊이 애환으로 남았던지 담 생에는 큰 무대에서 노래하는 가수가 되고 싶다고 했으니.

일제강점기와 전쟁을 겪고, 가난과 고된 세월의 변화를 온몸으로 견디며, 한 생을 살아내려고 무던히 애를 쓰셨던 그 세대, 그래도 노래라는 것이 있어서 삶의 갈피마다 잠시 씨름을 잊을 수 있었던 게 아닐까, 좋은 일이든 슬픈 일이든 우리 곁을 쓰다듬어주었던 거다. 농번기 때에는 모를 심으면서도 노래를 불렀고, 장례를 치를 때는 요령을 울리는 노래는 구슬피 동네를 휘감지 않았던가.

인간도 하나의 위대한 악기가 아닌가 싶다. 몸 저 안에서 용솟음치는 목소리는 능숙하거나 혹은 그렇지 못하더라도 그 얼마나 아름다운가. 신이 우리에게 문자와 함께 저런 음률과 가락을 주었으니 이 또한 축복이 아니고 무엇이랴. 아름다운 꽃이 우리의 마음을 위로하고 마음을 환하게 하듯, 노래를 할 수 있고 노래를 들을 때는 한 가닥 바람이 불어 드는 것 같다.

인간의 노래는 어쩌면 자연 속 뭇 생명의 노래를 따라 부르면서 시작되었는지 모른다. 온 산천이 신록으로 짙어져가고 장미꽃이 만발해가면 새도 즐거운지 더 높이 노래를 한다. 시골 논에는 개구리들이 합창할 것이다. 아득히 잊어버린 노래이지만 더욱 그립기도 하다. 이들은 모두 짝을 찾기 위한 부단한 표현이라고 하니, 결국 영원한 존위를 위해서 그렇게 울어댔는지도 모른다.

추위에 떨고 있을 때 그날이 경칩 날이었던가, 개구리가 겨울잠에서 깨어나는 날, 지난날 개구리 노랫소리를 떠올리며 썼던 이런 졸시가 다시 생각난다. 시는 아무리 써도 누구의 가슴을 쉽게 적시지 못하는 것을 잘 알면서도…….

떠내려가지 말라고 어머니 무덤가에서 애통해하던
너의 울음이 밤하늘 깊은 강에 가닿았는지 몰라
저기 한 생애가 떠내려간 다음에야 진실을 깨칠 수 있는 걸까
긴 긴 시간의 수초 속에서 뒷발을 숨기고
네 비늘도 제법 두꺼워졌는지 몰라
바람 세차고 달빛도 없는
물 차가운 연못 기슭에서 외로운 수놈 하나 등에 업고
이 밤의 세상을 향해
또 한 생애의 슬픔을 산란하는 노랫소리

— 졸시, 「경칩제」

모든 예술은 자연의 모방이라고 누가 말했던가. 자연의 일부인 우리 인간도 말 못 하는 동물들이 울음을 토하듯이 그렇게 노래한다. 마음속에는 공기와도 같은 가락이 있지만, 더 아름다운 시가 되기 위해서는 가락을 잊지 않아야겠다. 여전히 우리의 삶은 노래와 울음 사이에서 헤맨다.

Choi Myung Sook

최명숙

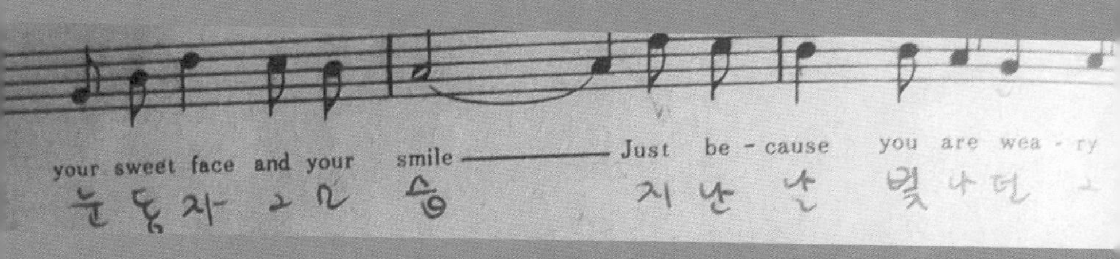

우리 가족 애창곡, 〈홍하의 골짜기〉

쇼팽의 〈이별의 곡〉과 넝쿨장미

대책 없는 모험심과 엉뚱함의 끝에

최명숙

산 높고 골 깊은 산골마을, 언제나 그립고 가 앉고 싶은 그곳, 충북 진천에서 태어나고 자랐다. 가정학과 유아교육을 전공하여 12년 동안 어린이집을 운영했고, 불혹의 나이에 꿈을 꾸던 문학을 공부하여, 동화작가와 소설가가 되었다. 가천대학교 대학원 국어국문학과 졸업. 현재 가천대학교에서 강의하며, 노년문학 연구와 창작에 관심을 갖고 있다. 저서로『21세기에 만난 한국 노년소설 연구』『문학콘텐츠 읽기와 쓰기』『문학과 글』, 산문집『오늘도, 나는 꿈을 꾼다』『당신이 있어 따뜻했던 날들』이 있다.

우리 가족 애창곡, 〈홍하의 골짜기〉

캘리포니아 살리나스에 있는 존 스타인벡 기념관에서 〈홍하의 골짜기(Red River Valley)〉를 들었다. 존 스타인벡 원작의 영화 〈분노의 포도〉 배경음악이었다. 순간적으로 가슴을 찬바람이 휘감았다. 눈물이 왈칵 쏟아졌다. 이 먼 태평양 너머까지 슬픔은 여전히 나를 붙잡고 있는 것일까. 이곳에서 〈홍하의 골짜기〉를 듣다니. 듣는 즉시 눈물이 쏟아지다니. 어디선들 그렇지 않으랴. 기억이 지워지지 않는 한 언제 어디서든 그 노래는 나의 눈물샘을 자극하고야 말리라.

그는 음치였다. 애국가조차 음정과 박자를 맞지 않게 불렀다. 그런데도 노래를 좋아했다. 듣는 것도 부르는 것도. 가요, 가곡, 영화음악 중 가장 좋아하는 노래가 〈홍하의 골짜기〉였다. 물론 그 노래 역시 음정이 약간 불안했다. 그러나 즐겼다. 고개를 까딱거리고 몸을 약간 흔들면서 밝은 표정으로 노래를 부르면, 꼭 솜털 보송보송한 소년 같아 나도 모르게 미소를 짓곤 했다. 나의 그런 반응에 그는 자신감을 얻은 듯, 한 곡 더 부른다고 하여 내 손을 강하게 휘젓게 만들었다. 그나마 그 노래가 가장 나았기 때문이다.

어떤 연유로 그 노래를 좋아하게 되었는지 들은 바 없다. 청년 시절 먼 사막의 나라로 취업해 나갔을 때 들었던 영화음악 속에서 배우게 되었는지, 학창시절 음악 시간에 배웠는지. 내 짐작으론 영화음악을 듣다 편하고 서정적인 가락과 가사 때문에 좋아하게 된 게 아닌가 싶다. 나는 열여덟 살쯤 친구에게 배웠는데, 곡조와 가사가 처음부터 나를 붙잡았다. 단순하고 편한 가락이어서 배우기도 쉬웠다. 그가 알고 있는 가사와 내가 아는 가사가 약간 달랐다.

스무 살쯤에 세광출판사에서 나온 노래책 한 권을 샀다. 다양한 노래들이 천여 곡 들어 있었는데, 〈홍하의 골짜기〉가 실

렸기 때문에 망설이지 않고 샀다. 그 책을 보며 많은 노래를 배웠다. 우리 가곡, 민요, 각 나라 가곡, 팝송, 성가 등. 지금도 피아노 위에 그 책이 놓여 있다. 하도 오래되어 겉장이 뜯겨 나가고 목차도 몇 장 떨어졌다. 누렇게 바랜 책장을 넘길 때마다 모서리가 조금씩 부서져 내린다. 그래도 그 책을 간직하고 있다. 친구가 알려준 〈홍하의 골짜기〉 우리말 가사를 적어놓았고, 배우고 싶은 노래 가사를 써서 책갈피에 끼워 놓은 특별한 책이기 때문이다.

그와 내가 처음 만났을 때, 대화를 자연스럽게 이어가게 한 것도 그 노래였다. 첫 만남은 어색하기만 했다. 찻집에서 나와 들길을 따라 걷다 그가 불쑥 〈홍하의 골짜기〉를 아느냐고 물었고, 우리는 한적한 개울둑 풀 섶에 앉아 노래를 불렀다. 봄바람이 살랑살랑 불었고, 발밑에는 냉이꽃과 꽃다지가 한들거렸다. 그때 나는 노래를 부르며 그와 결혼해도 괜찮겠단 생각을 했다. 순수했다고 해야 할까, 세상물정 모르는 철부지였다고 해야 할까. 아무튼 정서적으로 맞는다고 믿었다. 실제로는 대부분 맞지 않았는데도.

신혼 초에 그는 자주 노래를 불러달라고 했다. 우리의 신혼 방인 건넌방에서 시부모님이 계시는 안방까지 들릴까 봐, 나는 소곤거리듯 작게 노래를 부르곤 했다. 그러다 보면 창문 너머로 별빛이 흐르고, 가끔 별똥별이 밤하늘을 가로질러 떨어졌다. 어느 날 밤엔 달빛이 은은하게 내리고 조금 이지러진 달이 빙긋 웃으며 우리를 엿보기도 했다. 때론 카세트에 테이프를 넣어 영화음악을 들었다. 그때도 〈홍하의 골짜기〉가 흘러나왔다. 그러면 그는 또 발장단 손장단을 치며 노래를 따라 불렀다.

그로부터 한 20여 년 동안 노래를 잊고 살았다. 아이들을 낳아 기르고 삶의 기반을 닦느라 겨를이 없었다. 다시 그 노래를 부르게 된 건 그가 아프면서부터였다. 쉰 살에 뇌졸중으로 뇌 손상을 입은 그는 서너 살 정도의 아이가 되었다. 기억의 대부분이 지워졌는데 〈홍하의 골짜기〉만큼은 기억하고 있었다. 그의 기억을 되살리기 위해 노래 요법을 생각해낸 건 음악을 전공한 딸아이였다. 숱한 노력 끝에 동요 몇 곡과 가요 두 곡 정도 더 부르게 되었지만 정확하지 않았다. 오직 〈홍하의 골짜기〉만 예전에 부르던 가사 그대로 잘 불렀다.

그때부터 그 노래는 우리 가족의 애창곡이 되었다. 그가 부르면 우리 모두 따라 부르며 그의 기분을 맞춰주었다. 가족 나들이라도 가는 날이면 차 안이 떠들썩하도록 넷이서 〈홍하의 골짜기〉를 불렀다. 부르고 또 부르고 몇 번이고 반복해 불러도 질리지 않았다. 그가 즐거워했기 때문이다. 고개를 갸웃거리며 기분 좋게 부르는 그의 모습은 천사 같았다. 어린아이처럼 순진무구한 그를 보며, 우리 가족은 오래오래 지켜주고 싶은 소망을 키워갔다. 그 모습을 보는 것만으로도 우리는 무척 행복했으니까. 그가 건강할 때보다 우리는 더 많이 웃었다. 물론 더 많이 울기도 했다.

그러던 중에 뇌졸중이 재발하여 중환자실에 있을 때였다. 우리는 면회시간마다 의식이 없는 그의 귀에 대고 〈홍하의 골짜기〉를 불러주었다. 깨어나게 하는 방법을 나름대로 생각해낸 것이었다. 신기하게 그는 의식을 잃은 지 19일째 되는 날, 노래를 들으며 눈물을 흘렸고, 곧 의식을 되찾았다. 그리고 입을 달싹이며 노래를 따라 불렀다. 그때의 감격스러움을 어떻게 말로 다 할 수 있을까. 노래가 힘이 되고 약이 된다는 걸 그때 알았다. 그 후로부터 한동안 그는 〈홍하의 골짜기〉를 하루에도 몇 번씩 부르며 우리를 즐겁게 해주었다.

이제 그가 부여받은 세상의 시간을 다 쓰고, 왔던 곳으로 돌아간 지 10년이 되었다. 우리 가족은 아직도 그 노래를 부르지 못한다. 세월이 흐를수록 그리움은 더 깊어지는 것일까. 아무래도 한 사람이 빠진 가족 합창은 완성도가 떨어지기 때문이리라. 가끔 뜻하지 않게 〈홍하의 골짜기〉를 들을 때가 있다. 그러면 가슴에 찬바람이 걷잡을 수 없이 휙 지나가곤 한다. 존 스타인벡 기념관에서 흘러나오는 노래를 들을 때 눈물이 왈칵 쏟아진 것도 그래서였다.

얼마 전에 딸이 물었다. 〈홍하의 골짜기〉 생각나요? 내가 빙긋 웃자 아들이 고개를 깊이 끄덕였다. 잠시 침묵. 한 번 해볼까? 두 아이는 고개를 가만히 저었다. 아직은 아무래도 안 되겠나보다. 지금은 부를 수 없는 우리 가족 애창곡, 홍하의 골짜기. 언제쯤이면 자연스럽게 부를 수 있을까.

쇼팽의 〈이별의 곡〉과 넝쿨장미

오월의 한낮. 창문을 뚫고 들어오는 햇살이 투명하고 따사로웠다. 교실의 먼지 알갱이까지 다 보일 정도로. 교정의 화단에는 넝쿨장미가 빨갛게 줄지어 피어나고, 티 없이 맑은 하늘은 서럽도록 푸르렀다.

오후 마지막 수업 시간. 지루했다. 너나 할 것 없이 모두 그런 표정이었다. 중간고사가 끝난 후인 데다 수학 시간이었다.

"선생님, 노래해주세요."

여기저기서 조르는 급우들의 성화에 선생님이 교탁을 두 번 두드리고 우리를 둘러보셨다. 큰 키에 잘생긴 얼굴, 호리호리한 몸매, 매력적인 목소리. 멋진 외모만큼이나 노래도 훌륭했다. 지루하고 어려운 수학 시간을 학생들이 견딜 수 있었던 것은 그 노래 때문 아니었을까. 〈예스터데이〉, 〈아 목동아〉, 〈이별의 곡〉 등이 선생님의 애창곡이었다.

선생님은 바리톤 음색으로 〈이별의 곡〉을 불렀다. 교실 창밖의 빨간 넝쿨장미를 응시하고, 때로는 우리들과 눈을 맞추었다. 또 긴 팔로 박자를 저어가며 슬픈 가사와 곡조에 심취한 듯. 긴 노래가 끝나고 났을 때 나도 모르게 눈물이 주르르 흘러내렸다. 급기야 책상에 엎드려 어깨를 들썩이며 울었다.

왜 울었을까. 가사와 곡조 때문만은 아니었다. 아버지 역할을 했던 삼촌의 갑작스런 부재, 사춘기, 암담한 현실 등이 오월의 나른한 기운과 맞물려 서러움을 불러왔던 것 같다. 〈이별의 곡〉은 한두 번 듣고 가사와 곡조를 외울 정도로 내 마음에 와 닿았다.

선생님이 〈이별의 곡〉을 좋아하는 이유에 대해 우리들은 조잘댔다. 사랑하는 사람이 있었는데, 이어지지 못했다는 둥, 어른들은 법학 공부하기를 바랐는데, 수학을 전공하여 집에서 쫓겨났다는 둥, 전혀 근거 없는 이야기를 사실인 양 속닥거렸다.

노래할 때의 선생님 모습이 가사나 곡조와 절묘하게 어울려, 그 이야기가 사실인 것처럼 생각되기도 했다.

열다섯 살 청소년기의 나는 감정 기복이 심했다. 눈물이 날 것처럼 가라앉았다가 갑자기 눈앞이 환해지면서 들뜨기도 했다. 그것을 은폐하느라 표정 없는 얼굴로 책을 읽거나 공부에 열중했다.

우울감이 유난히 심했던 어느 날이었다. 갑자기 북받치는 서러움과 함께 온몸이 굳어지면서 의자에서 굴러떨어졌다. 정신을 차린 것은 병원으로 가는 선생님의 오토바이 뒤에서였다. 어떻게 그 오토바이에 탔는지 모른다. 굉음과 함께 세찬 바람을 느끼며 깨어났을 때, 선생님의 등에 끈으로 친친 묶여 있었다.

병원에서 돌아와 양호실에 누워 있던 나에게 선생님은 영양제와 용돈을 가방에 넣어주셨다. 너무 많이 생각하지 마, 아이는 아이다워야 해, 힘든 일 있으면 꼭 말 해. 안타까움이 가득한 얼굴이었다. 눈물이 자꾸 흘러내렸다. 여전히 세상이 막막

하고 어둡게만 생각되었다. 양호실에서 나와 집으로 가는 길. 넝쿨장미는 비끼는 저녁 햇살에 더욱 빨갛게 타오르고 있었다. 교문 앞까지 따라와 손을 흔드는 선생님의 얼굴까지 붉게 물들일 정도로.

중학교 졸업 후 진학하지 못했다. 속상하고 답답한 마음을 선생님과 편지를 주고받으며 달랬다. 나이 상관하지 말고 학업을 계속하라는 선생님의 조언과 격려가 물기 없는 포슬포슬한 현실에서 생명수 같았다. 객지 생활을 하다 집에 들르게 되면 학교로 찾아갔다. 우리는 교무실이 아닌 넝쿨장미가 피던 화단 아래 계단에 앉아 오래 이야기를 나누었다. 함께 〈이별의 곡〉을 부르기도 했다.

한두 해 그렇게 지내다가 차츰 멀어졌다. 무엇보다 선생님께 그럴듯한 모습을 보여드리고 싶어 머뭇대다 세월을 보내고 말았다.

대학에 들어가게 되었을 때, 선생님을 얼른 만나고 싶었다. 내 힘으로 고등학교 졸업하고 또 대학에 들어갔노라고, 학업을 계속하라던 말씀을 기억하고 공부했노라고, 말하고 싶었다. 오월 어느 날 선생님을 찾아갔다. 학교는 여전했다. 면 소재지 작성산 아래 있는 건물 하나짜리 작은 학교. 한 학년이 두 반, 전교생이 여섯 학급밖에 안 되는 작은 사립중학교였다. 저녁 해가 발갛게 타고 있을 때, 내 뒷모습을 걱정스레 쳐다보던 선생님의 불그레한 얼굴이 떠올라 발걸음이 빨라졌다. 대견해하시겠지. 내 머리를 쓰다듬으며 웃으실 거야. 상상만 해도 가슴이 벅차올랐다.

향나무와 갖가지 나무가 심긴 교실 앞 운동장을 지났다. 몇 년 전보다 더 무성해진 나무들, 함께 앉아 이야기 나누던 시멘트 계단, 그 끝 화단에 피던 넝쿨장미, 그 앞 건물 가운데쯤 교무실이 있었다.

교무실 문을 살그머니 열었다. 달라진 것은 아무것도 없었다. 시골 학교 모습은 어쩌면 육칠 년이 흘러도 저렇듯 여전할까. 선생님은 자리에 계시지 않았다. 문 앞에 앉은 젊은 선생님이 어떻게 왔느냐고 물었다.

“이○○ 선생님을 뵈러 왔는데요.”

그는 하던 일을 멈추고 슬쩍 쳐다보더니 한숨을 가늘게 오래 내쉬었다.

“이 선생님 작년에 돌아가셨어요.”

귀에서 윙 하는 이명이 들렸다. 모든 순간이 다 멈춘 것 같았다. 숨마저 멎은 듯 힘이 쭉 빠졌다.

들고 간 주스 상자를 바닥에 털썩 떨어뜨리며 주저앉았다. 두 팔을 벌리고 반갑게 맞아주실 줄 알았는데, 장하다고 칭찬해주실 줄 알았는데.

젊은 선생님이 몸을 일으켜주었다. 어지럼증을 견디며 교무실에서 나왔다.

화단에 핀 넝쿨장미는 옛날의 그날처럼 여전했다. 저녁 햇살마저도. 여전한 것들이 저리 많은데, 내게 소중한 사람들은 왜 그렇게 사라지는 것일까. 계단 중간쯤 선생님과 앉았던 자리에 서서, 함께 부르던 〈이별의 곡〉을 떠올렸다. 빨간 장미 같고 저녁 햇살 같은 붉은 울음만이, 가슴 깊은 곳에서 흘러나왔다.

대책 없는
모험심과
엉뚱함의 끝에

무대에 섰다. 설레면서도 위축감이 들었다. 마인드 컨트롤. 괜찮아, 본질이 중요한 거야. 여유를 갖고 관중을 휘둘러보았다. 홀을 가득 채운 사람들. 그들의 시선이 일시에 나에게 집중되었다. 긴장. 살짝 미소로 감춘 채 음대생으로 구성된 악단을 향해 눈짓을 했다. 전주가 시작되었다. 심호흡을 했다.

지도교수님 퇴임 기념 행사를 준비할 때였다. 선배로부터 축가를 불러달라는 부탁을 받았다. 황당하다 못해 어이가 없었다. 차라리 성악가를 섭외하겠다고 했다. 선배는 축가를 남이 부르는 건 의미 없고, 제자가 불러야 하는데 내가 적격이란다. 무슨 근거로 그런 말을 했는지 도대체 알 수 없었다. 살다 보면

예기치 못한 일이 생기기도 하지만 이건 아무리 생각해도 할 수 있는 일이 아니었다. 끈질긴 설득. 나를 황당하게 하는 숨겨진 것이 움직이기 시작했다. 그건 가끔 발동하는 대책 없는 모험심과 엉뚱함이었다. 그래, 해보자. 덜컥 허락하고 말았다.

무대에서 노래 부르는 꿈을 몇 번 꾸어본 적 있다. 솜씨로 볼 때 말도 안 될 일인데, 왜 그런 생각을 했던지. 어쩌다 들었던 잘한다는 칭찬 때문일까. 그보다 모험심과 엉뚱함 때문일 것 같다. 물론 노래를 좋아했다. 학창 시절 합창부에 들었던 것, 늘 노래를 듣거나 흥얼거렸던 것, 악기 연주에 관심이 있었던 것, 한때 성악을 배우려고 했던 것, 노래 부탁을 받았을 때 거절해본 적이 없던 것 등을 보면. 그러면서 대중 앞에 서는 상상도 몇 번 해봤던 것 같다. 내 능력과 전혀 상관없이. 좋아하는 것과 잘하는 건 확실히 다른데 말이다. 이 얼마나 대책 없고 엉뚱한가.

허락하고 나니 책임감이 몰려왔다. 고심하고 고심하여 가수 해바라기가 부른 〈사랑으로〉를 선정했다. 가사가 따뜻하고 가락의 높낮이가 완만하여 비교적 부르기 쉽다고 생각했기 때문이다. 악보를 구하고 피아노를 치며 불러보았다. 딸이 너무 밋밋하고 재미없다며 타박을 놓았다. 반주를 부탁하고 불러보았다. 딸은 도저히 안 되겠는지 레슨을 해주었다. 음정 틀리는 곳도 바로잡아주었다. 쉽지 않았다. 이 곡을 지금까지 얼마나 자주 불렀던가. 그렇게 자신 있게 부르던 노래인데, 맛깔나게 부르기 쉽지 않았다.

행사 날짜는 바득바득 다가오고 노래 실력은 늘지 않았다. 레슨 선생을 바꾸기로 했다. 이번에는 오랫동안 음악을 가르쳐온 동생에게 부탁했다. 딸과 동생의 가르치는 방법에 차이가 없었다. 내가 문제였다. 두 사람의 시간이 허락되는 대로 지도 받으며 노래 연습을 했다. 모르고 편히 즐기며 부를 때는 그렇게 쉽던 노래가, 막상 배우면서 부르자니 그렇게 어려울 수가 없었다. 글쓰기도 모르고 할 때는 쉽다가 조금이라도 배우게 되면 어려워지는 것과 같았다. 왜 이렇게 세상의 이치는 하나같이 비슷할까. 노래 연습하며 든 생각이었다.

연습하기 가장 좋은 장소는 차 안이었다. 달리는 승용차 안에서 마음껏 큰소리로 노래를 했다. 강의 마치고 오면서, 드라이브 하면서, 일 보러 다니면서, 시도 때도 없이 차만 타면 노래를 불렀다. 딱히 연습할 장소가 없었기 때문이다. 흥얼거리는 수준으로 될 일이 아니었다. 층간소음 문제로 집에서 연습하는 게 한계가 있었다. 노래하는 사람들에게 연습장이 필요한 이유도 그때야 알았다.

그렇게 며칠 지난 후, 행사를 이틀 남겨둔 아침이었다. 목이 따끔거리고 무엇이 걸린 듯 이물감을 느꼈다. 발성을 내봤다. 아뿔싸! 큰일이 났다. 말이 잘 나오지 않았다. 크억 크억 긁히는 듯 탁하고 낮은 목소리만 간신히 흘러나왔다. 강의는 어떻게 하겠지만 축가가 문제였다. 너무 연습을 해서, 아니 발성법과 무관하게 소리만 질러대서, 성대에 상처가 난 모양이었다. 아픈 건 차치하고 축가를 제대로 못 부르게 될 것 같아 태산 같은 걱정이 밀려왔다.

“누가 보면 대단한 가수라도 난 줄 알겠어요. 그렇게 소리 지르면 득음할 줄 아셨나?”

딸애의 놀림에 목소리가 나오지 않아 눈만 흘겼다.

병원에 갔다. 감기에 걸려도 좀처럼 가지 않던 병원이었다. 의사의 말은 뻔했다. 말하지 말고 처방해준 약 먹으며 쉬란다. 절대 목을 사용하면 안 된다며. 이틀 후를 기약할 수 없는 상황이 되고 말았다. 한숨만 나올 뿐이었다. 선배의 부탁을 거절하지 못한 우유부단함을 후회했고, 대책 없는 호기심과 엉뚱함을 수없이 탓했다. 발등을 열 번도 더 찍었다. 마음이 한없이 무거워졌다. 어쨌든 해결해야 할 문제였다. 쓸데없이 책임감은 왜 그리 강한 것인지. 나의 성격과 가치관까지 원망스러울 지경이었다.

이런 문제를 놓고 묵상하고 기도하는 게 처음이었다. 근본적으로 무엇이 잘못되었을까. 다른 방법은 없을까. 한참 시간이 흘렀다. 유레카! 그래, 찾았다. 조금 전까지 불안하고 답답하던 마음이 가만히 가라앉기 시작했다. 살며시 미소까지 감돌았다. 나의 용렬함이 반성도 되었다. 목청을 높여 연습하던 것이, 악보의 기호 하나하나에 신경을 곤두세우던 것이, 레슨까지 받으며 잘하려고 했던 것이, 참으로 가소롭게 생각되었다. 놓치고 있는 중요한 것이 무엇인지 알았기 때문이다.

그건 마음이었다. 후학 양성과 학문 연구에 평생을 바치고 퇴임하는 선생님께 드리는 축하의 마음, 그걸 놓쳤던 거다. 그 행사는 내 노래 솜씨를 자랑하는 자리가 아니었다. 그 마음이 우선이고 준비는 성의껏 하면 되는 것인데. 본질을 놓치고 형식만 번지르르하게 장식하려한 우매한 나였다. 나이를 먹고 늘 배우는 자세를 가져도 왜 이다지 어리석기만 한 걸까. 깨닫고 나니 마음이 편안해졌다.

이틀 간 노래 연습을 전혀 하지 않았다. 처방해준 약을 먹으며 가끔 악보만 읽었다. 그래도 불안하지 않았다. 이제 성의껏 부르면 되는 거니까. 노래 자랑 시간이 아니니까.

전주 끝에 침을 삼킨 후 노래를 부르기 시작했다. "내가 살아가는 동안에 할 일이 또 하나 있지……." 아! 목소리가 연습할 때처럼 흘러나왔다. 불안했던 음정도 틀리지 않고 넘어갔다. 감사한 마음을 담아 부르리라 다짐한 순간, 이미 내 축가는 성공했다고 할 수 있다. 잘했느냐 못 했느냐 하는 객관적 평가를 떠나서. 대책 없는 모험심과 엉뚱함의 끝에 얻은, 뜻깊은 교훈이었다.

노래가 끝났을 때, 나는 무대에서 유유히, 느긋한 걸음으로, 내려왔다. 행사장을 가득 메운 관중들의 박수 소리를 들으며.

Han Bong Sook

한 봉 숙

후쿠오카에서 부른 〈안동역에서〉

노래 따라 흘러온 세월

한봉숙

충남 보령에서 태어나 어린 시절을 보냈으며, 무역학 및 교육학을 전공하였다. 출판인으로 푸른사상을 설립하여 문학, 역사, 문화, 아동, 청소년 등 다양한 분야의 도서를 펴내고 있다. 문학 잡지 계간『푸른사상』의 발행인이다. 함께 쓴 책으로『꽃 진 자리 어버이 사랑』『문득 로그인』『여자들의 여행 수다』 등이 있다.

후쿠오카에서 부른 〈안동역에서〉

몇 년 전 추석 연휴, 일본으로 부부 동반 여행을 가게 되었다. 명절에는 여행을 갈 수 없는 처지인 데다 이것저것 챙겨야 할 일거리도 많아 쉽게 결정을 내리지 못했는데, 어찌어찌 좋은 해결책이 나와서 홀가분한 마음으로 떠나게 되었다. 휴가 기간이 아니면 쉽게 자리를 비우기 힘든 상황에, 명절 연휴를 이용한 여행은 그 이유만으로도 알찬 시간이 될 것 같았다.

정해진 여행지는 일본 후쿠오카. 함께할 인원은 열여섯 명. 동행인 중에는 인천공항에서 처음 보는 사람들도 있어서 약간 어색하긴 했다. 그래도 각자 자기 분야에서 열심히 일하던 중 부족한 시간을 쪼개어 떠나는 여행이라, 다들 설레는 표정이었다. 처음으로 해외여행을 가본다는 사람도 있었다. 우리는 그렇게 어색함과 설렘을 반반씩 안고 후쿠오카에 도착했다.

숙소는 완전 일본식 전통 호텔이었다. 40년이나 된 호텔로, 객실은 다다미방이었다. 특히 잘 가꾸어진 넓은 정원이 인상적이었다. 온천장이 200미터나 떨어져 있어서 다소 불편할 것 같았지만, 호텔 전체가 수로로 둘러싸여 수변 공원처럼 경관이 아름다웠다.

여행 첫날은 수로 관광으로 시작되었다. 우리가 탄 배에서 일본 노래 엔카가 흘러나왔다. 그러자 일행들은 한국 노래를 부르기 시작했다. 〈아리랑〉부터 시작해서 〈만남〉까지, 한국 사람이면 누구나 아는 노래라, 한 사람이 선창하면 모두가 따라 불렀다. 노래는 참 신기했다. 통성명하고 조금씩 대화를 나누어도 어색했는데, 한 목소리로 노래를 부르다 보니 그 어색함이 절반쯤 사라지는 느낌이었다.

밤이면 호텔 잔디 정원에서 맥주를 마실 수 있단다. 우리는 저녁을 먹은 다음 그곳에 모이기로 했다. 일본에 와 있다해도 추석날 밤을 그냥 보낼 수 없지 않은가. 낯선 장소에서 보는 한가위 보름달은 어쩐지 휘영청 더 밝아 보였다. 한국에서처럼 명절 증후군이 없어 편한 마음으로 보는 달이어서 그럴까. 아니면 낯선 여행지에 곁들여진 낭만 같은 거였을까. 아무튼 유난히 밝은 보름달은 내 마음을 설렘으로 충만하게 했다.

잔디 정원의 맥줏집을 독무대처럼 차지하고 앉아 추석 잔치를 벌이면서, 우리는 돌아가면서 각자 애창곡을 부르기 시작했다. 우리 부부 차례가 되었을 때, 남편이 신곡을 들려드리겠다며 나섰다. 휴대폰으로 뭔가를 찾더니 노래가 흘러나오는데, 처음 듣는 멜로디였다. 남편이 부르는 걸 들어보니 노랫말은 이별의 아픔과 기다림에 대한 것이었다. 진성의 〈안동역에서〉라는 노래라고 했다. 1절을 다 부르고는, 2절은 아직 외우지 못했다며 여운을 남기고 노래를 끝냈다. 청중의 반응이 뜨거웠다. 일행들에게 절반쯤 남아 있던 어색함이 남편의 노래로 완전히 사라졌다. 우리들은 모두 화기애애한 분위기 속에서 한껏 그 시간을 즐겼다.

그 후 지인들은 만날 때마다 〈안동역에서〉를 불러달라고 했다. 그 노래가 자연스레 남편의 애창곡이 되었다. "바람에 날려 버린 허무한 맹세였나/첫눈이 내리는 날 안동역 앞에서/만나자고 약속한 사람/새벽부터 오는 눈이 무릎까지 덮는데/안 오는 건지 못 오는 건지 오지 않는 사람아." 이 노랫말과 연관된 무슨 사연이라도 있나 하는 생각이 들 정도로, 남편은 그 노래를 즐겼다.

평소 노래를 좋아하긴 해도 음치에 속했던 그였다. 언젠가 차 안에서 웬 카세트테이프를 틀어준 적이 있다. 한 가수의 음반이 아니라 여러 가지 트로트곡이 섞여 있는 테이프였다. 고속도로 휴게소 같은 데서 흔히 볼 수 있는 무명가수의 메들리 음반인 줄 알았다. 그런데 나를 위해 부른 노래라며 잘 들어보라고 했다. 알고 보니 노래방에서 직접 부른 노래를 천 원 주고 테이프에 녹음해 온 것이었다. 얼마나 연습을 했는지 완전 노래방 스타일로 불러서 내가 알아채지 못한 것이다.

음악은 개인적으로 위안이 되어, 다시 살아갈 힘을 주기도 한다. 업무에 지칠 때, 스트레스를 풀기 위해 노래를 불렀다던 남편이, 이제 음치에서 벗어나 제법 노래를 즐긴다. 어느 해인가는 환갑 기념으로 취입하고 싶다고 음반사를 알아봐달라고까지 할 정도였다. 내가 극구 말리며 차라리 더 연습해서 칠순 때나 음반을 내든지 말든지 하라고 했다.

낯선 여행지, 밝은 보름달 아래, 어색했던 여행 동료들의 사이를 화기애애하게 만들어준 것, 아마 그것이 노래의 힘이 아닐까 싶다. 잘 부르든 못 부르든 말이다.

노래 따라
흘러온
세월

미디어와 거리가 멀었던 아날로그 시대, 어린 시절 즐겨 불렀던 추억 속의 노래를 떠올려본다.

나는 어렸을 때부터 부모님과 언니들이 좋아했던 노래를 같이 들었다. 하루 종일 카세트에서 흘러나오는 노래를 듣지 않으려고 해도 안 들을 수가 없었다. 같은 노래를 자주 듣다 보니 가사를 다 외울 정도였다. 그래서 그럴까. 트로트가 친근하다. 옛날 트로트가 왜 좋을까 생각해보면…… 단지 트로트라서 그런 것 같지는 않고, 뭔가 정다운 느낌이 인생과 닮아 있어서라고 할까. 아니, 우리의 정서를 어렵지 않게 잘 표현하고 있어서 그런지도 모르겠다.

언니들이 부르던 걸 따라 부르다 보니 제목도 가수도 모르지만 가사가 지금까지 생생하게 내 기억 속에 남아 있는 노래가 있었다. 그때 불렀던 그 노래가 정말 있었는지, 또 가사는 맞는지 노래방에서 찾아보았다. 그 노래는 김상진의 〈도라지 고갯길〉이었다. "연보라색 도라지꽃 피던 고갯길/사나이 가슴에 사랑을 주고 떠나간 정든 님……"으로 시작되는 가사였다. 그 무렵에 큰언니가 결혼하여 집을 떠나게 되었는데, 그 아쉬움을 달래기 위해 언니들이 자주 불렀던 노래였다.

한편 어머니께서 부르며 즐기시던 노래, 〈여자의 일생〉과 〈봄날은 간다〉도 생각난다. 자신의 행복보다는 가족과 가문을 위해서 참고 견디며 살아야 했던 여자의 일생, 그 노래들은 한 여인의 인생곡이다. "연분홍 치마가 봄바람에 휘날리더라/……/꽃이 피면 같이 웃고/꽃이 지면 같이 울던/알뜰한 그 맹세에 봄날은 간다." 어머니는 일찍 결혼하여 여러 자식을 낳고 키우면서 인생의 절정에서 아쉬움과 덧없음을 노래로 풀어내셨던 것 같다.

시간이 흘러 청소년기에는 학교에서 배우는 가곡들이 주된 애창곡이 되었다. "봄의 교향악이 울려퍼지는/청라언덕 위에 백합 필 적에/나는 흰나리꽃 향내 맡으며/너를 위해 노래 노래 부른다." 이 〈동무 생각〉 같은 노래를 자주 불렀다. 일찍 고향을 떠나 타지에서 학교를 다녔기 때문에, 고향과 친구가 그리워 쓸쓸한 마음이 들 때, 그러한 노래가 내 마음을 부드럽게 치유해주었던 것이다.

어른이 되어서는 발라드풍의 노래를 좋아했다. 〈밤배〉, 〈개똥벌레〉, 〈어디쯤 가고 있을까〉, 〈숨어 우는 바람소리〉 등이 내 인생의 애창곡으로 자리 잡게 되었다. 친구들과 만나면 2차로 노래방에 자주 갔다. 그런 자리에서 친구들이 신나게 불러대는 구성진 트로트 가락은 분위기를 한껏 띄워 올렸다. 내 애창곡은 아무래도 그 달아오른 분위기를 깨뜨릴 것만 같아 노래 부르기가 조심스러웠던 기억이 있다. 요즘 들어 입가에 맴도는 노래는 노사연의 〈바램〉이다.

지난 2020년은 어느 방송사에서 시작한 경연 프로그램으로 인해 트로트의 부흥기라고 일컬어질 만했다. 지금까지도 계속되는 코로나블루 시대에 한숨짓는 사람들을 위로하는 역할을 트로트가 했던 것 같다. 때로는 신나고, 때로는 서러운 정서가 듬뿍 배어 있는 트로트의 열풍에 나도 빠지게 되었다.

트로트든, 가곡이든, 발라드든, 노래는 가슴과 가슴으로 전달되어, 누군가의 심장을 뛰게 하고 뜨겁게 한다. 자기만의 사연을 노래에 투영하면서 울고 웃으며 그 노래를 즐기게 된다. 노래가 이 답답한 시기 많은 사람들에게 위로의 시간을 선물하고 있다. 시대가 노래를 소환하고, 노래가 시대를 치유하고 있는 것이다.

Um Hye Ja

엄 혜 자

첫사랑을 선물한 〈Famous blue raincoat〉

천상의 노래 바탁송

엄혜자

어려서부터 글 읽기를 좋아해서 활자 중독이라는 말을 들으면서 자랐다. 저서로 수필집『소중한 인연』, 문학비평『문화사회와 언어의 욕망』『시적 감동의 자기 체험화』등이 있다. 문학박사이자 〈책읽는 마을〉 대표로서, 제자 양성에 힘쓰고 있다. 가장 행복한 시간은 제자들과 책을 읽는 일이다. 훌륭한 제자 양성을 인생 최고 목표로 삼고 있다.

첫사랑을
선물한
〈Famous blue raincoat〉

그해 겨울은 유독 눈이 많았다.

그날의 눈은 온통 세상을 다 덮을 기세였다. 그렇지만 꼭 가봐야 할 약속으로 길을 나섰다. 거리에 내리는 눈은 청춘의 마음을 싱숭생숭하게 만드는 능력을 가진 걸까. 내 마음에 사랑의 등불이 반짝 켜졌다. 마치 내 몸과 마음에 초록초록한 새싹이 돋아날 것만 같았고 연애 세포가 마구마구 싹트고 있는 이 기분. 그런데 이런 때, 내가 만나야 할 사람은 광고기획사를 하는 유부남이다. 뭐 어때, 그분과 빨리 헤어지고 친구들에게 전화해야지. 친구들이 소개팅하자면 맨날 싫다고 했던 내가 소개팅을 하겠다고 하면 그들은 뭐라고 할까.

밖에는 탐스러운 눈이 송이송이 내리고. '장미의 숲' 카페에는 장미향이 가득하고, 연애 세포는 충만해지고, 온통 세상이 황홀한 그 순간, 안내대에서는 내 이름을 부른다. 나와 만날 그는 폭설로 지방의 소도시에 갇혔다면서, 곧 자신의 친구가 대신 받으러 갈 테니 그에게 광고 문구를 전해주라고 한다. 사람들이 이런 방식으로 연락했던, 핸드폰이 없던 시절이었다.

나는 아르바이트로 여성복 광고 문구 쓰는 일에서 나름 인정받고 있었고, 수입 또한 좋았다. 광고 문구 쓴 것을 카페에 맡겨놓겠다는 내 의견에 그는 단호히 안 된다고 했다. 자신이 늦게라도 상경하여 작업해야 하는데, 카페 문을 닫으면 난감하단다. 근처의 건설회사에 다니는 친구에게 직접 전해줘야 자신이 언제든 찾을 수 있다고 말했다. 빨리 친구들과 만나고 싶어 안달이 난 나에게 그의 단호한 선언은 청천벽력과도 같았다.

계속 문 쪽만 바라보는데 그의 친구는 나타나지 않았고, 나는 연락할 데도 없이 눈 오는 창밖만 하염없이 바라보았다. 한 시간이 지나고 저 멀리서 한 남자가 걸어오고 있었다. 그 순간 온 세상이 다 멈추고 그 남자 하나만 움직이는 듯했다. 눈에 젖은 머리카락도 낭만적이었고 초콜릿색의 가죽 재킷도 멋있었다. 그 사람은 잠시 안내대에 멈추더니 내 앞으로 성큼성큼 걸어왔다. 온 우주가 나를 향해 움직이는 듯했다.

"강인국 친구인 김규중입니다."

여자는 청각에 반한다고 했던가. 중저음의 편안한 목소리가 그에 대한 관심도를 상승시켰다. 그는 회의 때문에 바로 올 수 없었다고 정중히 사과하며 대신 차를 사주겠다고 했다. 그리고 자리에 앉으며 자신은 이렇게 눈이나 비가 많이 내리는 날이면 라비크와 조앙 마두가 만나던 장면이 떠오른다고 했다. 그리고 언젠가는 프랑스의 칼바도스 거리로 가서 칼바도스를 마시고 싶단다. 라비크와 조앙 마두가 늘 마시던 사과 브랜디 칼바도스.

"『개선문』을 쓴 레마르크를 아세요?"

그는 씩 웃으며

"내가 돼지인가요? 레마르크를 모르게요."

내가 제일 좋아하는 작가가 레마르크이고, 가장 좋아하는 작품이 『개선문』인데. 뭐야 이 운명은. 나는 너무 비현실적이어서 그냥 아무 말 없이 그를 빤히 쳐다만 보았다. 그때 노래가 잔잔하게 카페를 채워가기 시작했다. 처음 듣는 곡이지만 처절한 멜로디와 가사가 내 연애 세포에 물을 주었고 햇빛을 주면서 일어나라고 외치고 있었다.

"이 곡을 혹시 아세요?"

"레너드 코헨의 〈Famous blue raincoat〉예요."

그는 자신이 가장 좋아하는 싱어송라이터 중 하나라며 코헨의 음악 성향과 이 노래에 얽힌 이야기를 들려주더니, 잠시 시계를 보며 가야겠다는 몸짓을 했다. 10분만, 5분만 더 있자는 나의 말에 그는 온몸으로 웃었다. 그는 오늘 야근 중에 잠시 나온 거라면서 혹시 이 음반을 갖고 싶으면 자신이 선물로 줄 수 있다면서 명함을 주었다. 새침데기인 나 역시 그에게 전화번호를 알려주었다.

"그러면 꼭 전화해주세요. 그리고 음반도 꼭 가지고 나오세요."

자존심 뭐 이런 건, 이미 훌훌 내던졌다. 그날 밤에 나는 눈을 많이 맞아서인지, 첫사랑을 만난 열병이었는지 앓아누웠고, 그런 상황 속에서 꼬박 일주일을 그의 전화를 기다렸다. 레너드 코헨의 〈Famous blue raincoat〉가 너무나 듣고 싶었지만, 그가 앨범을 선물로 준다고 했으니 살 수도 없었다. 다만 그 음악을 내 방에서 나 혼자 듣고 싶어서 아픈 몸을 이끌고 세운상가로 가서 오디오까지 샀다. 그동안 밤새 머리를 쥐어뜯으면서 한 자 한 자 광고 문구를 썼던 그 노고를 한순간의 망설임도 없이 오디오로 바꿨다. 전화벨만 울리면 열이 나면서도 벌떡 일어나서 전화를 받았다. 전화를 받는 가족들의 음성과 웃음이 그때처럼 미웠던 적이 없었다. 몸살 후의 해쓱해진 모습, 하지만 육체보다 정신이 더 해쓱했을 것이다.

편안한 마음으로, 가족 눈치 안 보고 그에게 전화하고 싶어서 한적한 곳의 공중전화를 찾았다. 'Am I ready.' 수십 번 이 말을 되뇌면서 그에게 해야 할 말을 준비했다. '왜 연락 안 주셨어요?' 이러면 따지는 것 같고, '줄곧 연락을 기다렸어요.' 이러면 조선시대의 홍랑 같고. 해야 할 첫마디가 너무나 힘들었다. 그러다가 그냥 '저 혼자서 내 방에서 음악을 들으려고 오디오를 샀어요. 그런데 레너드 코헨의 음반이 없네요.'로 정했다. 그리고 몇 번이나 연습했던 이 말을 속사포로 해치웠다. 큰 숙제를 완수한 기분이었다.

그 이후. 우리는 평생을 같이 〈Famous blue raincoat〉를 들었다.

새벽 네 시, 12월에 편지를 쓴다.
여기 뉴욕의 거리엔 온통 음악이 흐르고
너는 잘 있는지
사막에서 네 집을 짓는지
아무것도 안 하는지
기차역에서 푸른 레인코트를 보았어.
찢어진 코트를 입은 너.

네가 마지막 결심을 한 날

네가 머리카락을 마리엔에게 주었고

마리엔은 네 머리카락은 품고 내게 왔어.

네가 한번 온다면

난 편하게 숨쉬고 마리엔은 자유로운 걸 볼 거야.

마리엔은

네 머리카락을 간직하고 있어.

마리엔은 누구의 아내도 아니야.

난

너를 용서했어.

삼각관계 연인들의 슬픈 사랑 이야기가 음유시인인 레너드 코헨의 목소리로 애절하게 흐른다. 슬픔 속에 침잠된 열렬한 사랑과 고독의 노래. 사랑, 원망, 분노, 용서 같은 뒤섞인 감정을 읊조리듯 잔잔한 멜로디로 만든 레너드 코헨. 어쿠스틱 기타소리가 부드러우면서도 칼끝처럼 파고드는 흐느낌, 중간중간 여성 백보컬의 목소리는 노래라기보다 울음이라고 표현하고 싶은 처연함을 담고 있다.

〈Famous blue raincoat〉는 내 첫사랑의 시작과 완성을 만들어 준 잊을 수 없는 고마운 노래이다. 이제 나의 첫사랑은 남편이 되었다. 지금도 우리 결혼의 매개체인 레너드 코헨의 음악을 LP로 듣곤 한다. 지지직 하는 여음은 이 노래를 더욱더 처연하게 만들어준다.

젊은 시절에는, 가슴 절절한 사랑, 이루어질 수 없는 사랑, 독점할 수 없는 사랑 이야기가 좋았다. 하지만 지금은 음악 취향이 변하여 아름답고 밝은 노래가 좋다. 나와 남편의 사랑처럼.

나의 결혼식장에서의 강인국 씨는 우리 둘의 결혼을 축하해 주었지만, 뭔가 전전긍긍하는 듯했다. 업무적으로 만날 때면 습관적인 지각과 당당함으로 매번 내게 기다림을 선사하던 강인국 씨. 나는 그에게 가끔 그 시절 기다림을 들추어냄으로써 상황이 역전된 기분을 만끽한다. 하지만 그는 우리를 이어준 고맙고 고마운 사람이다. 우리는 부부의 연을 맺게 해준다는 월하노인을 따서 그를 '월하'라고 부르고 있다.

때로는 긴 글보다, 한 곡의 노래가 더 많은 이야기와 감정을 내포하고 있다. 내가 온몸으로 부딪혀 사랑했던 사람이라는 생각으로 살다 보면, 남편의 모든 일과 행위가 다 이해되고 공감이 된다.

지금도 〈Famous blue raincoat〉를 들으면, 한밤중에 아무도 모르게 나뭇가지에 얹혀 있다가 무게를 이기지 못하고 툭 떨어지는 눈덩이처럼 내 가슴속에 조용한 기척이 인다. 이 노래는 설레었던 첫사랑의 기억을 소환해주는 곡이다. 이번 결혼기념일에도 〈Famous blue raincoat〉를 들으면서 첫사랑의 기억을 떠올리고 싶다. 그날엔 비가 촉촉하게 왔으면 좋겠고, 그때는 남편이 애지중지하는 베리올드 칼바도스를 따자고 해야겠다.

천상의 노래 바탁송

오래전 어느 목요일 오후, 대구 지하철 공사 현장에서 근무하던 남편에게서 전화가 왔다. 인도네시아 북수마트라의 수력발전소 공사 현장의 관리 책임자로 긴급 발령이 났다면서 출국 준비를 요청했다.

주어진 시간은 딱 3일, 그 시간에 업무 인계를 마치고 일요일 비행기로 출국을 해야 한단다. 토요일 밤에 겨우 인수인계를 마치고 초췌한 모습으로 집으로 돌아와서 나에게 상황을 이해시키려는 남편이 안쓰럽기도 하면서 앞으로 어린 아들들과 살아갈 생각에 걱정이 되기도 했다. 남편은 내 표정을 보면서 그룹 회장님의 부탁으로 어쩔 수 없었다면서 딱 1년만 허락을 해 달라고 했다. 그런데 두 아들은 나의 애타는 마음도 모르고 마냥 신이 났다. 아빠가 해외 근무를 하게 되면, 자주 해외 여행을 갈 수 있고, 장기간 해외에 머무를 수도 있다는 생각으로 새어 나오는 웃음을 참고 있었다.

남편이 떠난 지 며칠 만에 전화가 왔다. 전화기 너머의 남편은 여전히 힘차고 다정했다. 공사 현장이 완전 밀림 속이라서 아직 전화를 개통하지 못했다면서 지금은 현장에서 한 시간 반 거리인 군청이 있는 씨디깔랑의 우체국에서 전화하는 거란다. 소식이 궁금하고 걱정되었던 마음이 살그머니 녹아내렸다. 이후 남편은 자주 편지를 보냈고, 그 시절 떨어져서 그리워했던 절절한 편지들은 추억록에 잘 보관되어서 오늘을 살아가는 힘이 되어준다.

그해 겨울방학이 되자, 두 아들은 난리가 났다. 아버지가 밀림에서 고생하시는데, 위문 공연을 가야 한다는 것이다. 전화기 너머로 아들들의 흑심 가득한 이야기를 들은 남편은 “아이고, 효자들이네. 양손 벌려 환영할게. 하지만 밀림 속이라 재미는 없고 수천 마리의 원숭이와 수만 마리의 도마뱀만 보고 갈

거야." 그러면서 가족 상봉을 기뻐했다.

북수마트라 메단 공항에 도착하자 남편은 시들어서 파김치가 다 된 꽃다발을 내게 쑥스럽게 내밀었다. 메단은 열대지역이라서 조화를 사용하는데, 꽃다발을 사러 많은 곳을 다닌 후에야, 어렵게 준비했다고 했다. 그런데 공항에 도착해서 한 시간도 안 되어 이 모양이라면서 난감해했다. 그런 모습을 보고 있던, 공항 직원들이 우리 가족의 상봉을 함께 기뻐해주었다. 그리고 나와 남편을 향해 "딩인~ 딩인~"을 외치며 놀려댔다. 그것은 '춥지? 또는 닭살 돋지?'라는 뜻이다. 둘이 오랜만에 만났으니까 너무 좋아서 추울 거라는 의미였다.

한국인들이 인도네시아를 위해 수력발전소를 세운다면서 공항의 입국 수속을 면제해준 사람들, 밖으로 나오니 한국인을 처음 보는 현지인들의 요청으로 지나가던 버스가 후진까지 하면서 우리 가족을 호기심 어린 눈으로 보던 그들. 문화마다 이렇게 다른 표현법이 신기하고 재미있었고 순수한 그들의 모습은 매력적이었다.

공항에서 4시간여를 달린 끝에 밀림 속 베이스캠프에 도착했다. 캠프 주변은 온통 울창한 열대우림 지역으로 아름드리나무와 사람의 키가 넘는 덩굴식물로 빈틈이 없었다. 베이스캠프는 철조망으로 둘러싸여 있었고, 입구에는 완전무장한 경찰과 군인들이 경계를 서고 있었다. 이곳은 정부에서 발주한 수력발전소라서 경찰과 군인이 파견된 것이라고 했다. 초소장은 우리 가족을 반겨주면서 자신들이 야생곰이나 표범, 호랑이, 큰도마뱀들을 지켜줄 테니, 마음 편히 쉬라고 한다. 공항에서 느끼지 못했던 '딩인, 딩인'의 감각을 온몸으로 느꼈다.

다음 날 저녁, 퇴근한 남편과 담소를 나누던 중, 어디선가 아름다운 합창 소리가 들렸다. 근처 와룽(시골 주막)에서 3중창, 4중창으로 부르는 노랫소리였다. 이 노랫소리는 그리스 신화에 나오는 사이렌의 노래처럼 마력을 가져서 도저히 안 가고는 배길 수가 없었다. 한국인들은 안전 문제 때문에 일몰 후, 캠프 밖으로의 출입이 통제된다고 한다. 그래서 노래를 좋아하는 남편도 그곳에 가보지 못했다. 나는 초소 군인을 대동해서 가면 되겠다면서, 이브가 되어 아담을 꾀었고, 아담 역시 선뜻 제안을 받아들였다.

와룽에는 여러 명의 현지 근로자들이 의자와 맨바닥에 앉아서 한 개의 기타 연주에 맞춰 노래를 부르다가 우리 가족을 보고 깜짝 놀랐다.

남편은 나를 소개하면서 아내가 어제 도착했는데, 환영 노래를 청한다고 했다. 노랫값으로 맥주 한 병씩을 돌리겠다니까, 와룽 주인네 가족들이 바삐 움직였다. 그들 처지에서는 맥주가 워낙 비싸서 한 집에 네다섯 병 정도만 있으니까 다른 와룽에 가서 빌려오는 것이다. 맥주는 시원해야 맛인데, 냉장고가 없어서 미지근한 맥주를 한 병씩 마주한 근로자 가수들은 신이 나서 노래를 불렀다.

바탁송은 말로 표현할 수 없을 정도로 감동적이었다. 그 노래는 바탁인들의 유전자 속에 각인된, 그래서 뼛속까지 스며 있는 영혼의 울림이다. 그들은 "우리는 전통 노래를 입으로 부르지 않고 가슴과 영혼으로 부른다."라고 했다.

합창을 할 수 있는 멜로디와 가사를 가르쳐주었다. "Saya menyambut Anda. Senang bertemu denganmu." '나는 당신을 환영합니다, 만나서 반갑습니다' 이런 의미였다. 누런 갱지에 우리가 같이 합창할 부분을 적어주는데, 알파벳 표기라서 다 읽을 만했다. 언어는 서로 달라서 소통이 안 되지만, 그들과 노래로 소통하며 동질감을 느꼈다. 바탁인들의 환영 노래를 들으니 진짜 인도네시아에 와 있다는 실감이 들었고 행복했다.

그들은 우리가 가는 날에도 노래를 불러주겠다면서 헤어진다고 울면 더 슬퍼진다고 했다. 노래로 슬픔이 승화된다면서 떠나는 날까지 한 달 동안 연습해서 멋진 공연을 펼치겠다고 약속했다. 나는 영혼으로 화음을 내어 환영해주는 그들의 마음에 경의를 표했다.

인도네시아 국민 대다수는 이슬람이다. 그들은 술과 돼지고

기를 금기시한다. 그러나 이곳 바탁 지역은 그리스도교 지역이라서 술과 돼지고기를 선호했다.

그렇지만 이렇게 유순하고 노래가 삶인 이들의 과거 역사는 공포와 광기 그 자체였다. 과거 바탁족에게는 적군이나 범죄자의 인육을 먹는 잔혹한 의식이 있었다. 그 시절, 미국 선교사인 H. 라이먼과 S. 먼슨이 위험을 무릅쓰고 바탁족에게 포교 활동을 하다가 사라졌다. 그 후에 밝혀진 바로는 두 선교사는 바탁족에게 잡혔고, 바탁족은 선교사의 인육을 나눠 먹었다고 한다. 이후 19세기에 네덜란드가 통치하던 시절, 네덜란드 정부는 식인행위를 금지했고, 이를 어길 때는 강하게 처벌했다. 또한, 독일 선교사인 루트비히 놈멘젠이 포교에 성공하면서 오늘날 800만 명의 바탁족은 대부분 그리스도교인이 되었다. 현재 바탁족은 학계, 정관계, 의료계, 공무원 등 인도네시아의 핵심 위치에 포진되어 있는데, 그들은 이것을 바탁송 덕분이라고 한다.

바탁송은 바탁족이라는 정체성과 끈끈한 응집력의 원천이며 그들의 민족적 정서를 대변하고 있다. 바탁의 전통 노래는 과거의 민요부터 현재 새로이 계속 창작되면서 면면히 이어지고 있다. 그들은 자신들의 노래는 그냥 노래가 아니라, 부르는 사람과 듣는 사람들의 영혼을 정화해주는 주술성이 있다고 믿고 있다. 원시의 순수함을 가진 자신들은 바탁송을 부르면서 잠자던 자신들 본연의 영혼을 일깨운다고 한다.

그러므로 바탁족은 태어나서 죽을 때까지 노래와 함께한단다. 남녀노소가 늘 함께 노래를 부른다. 노래하면서 노동하고, 노래하면서 공부하고, 슬퍼도 노래하고, 즐거워도 노래한다. 언제 어디서든 삼삼오오 모여서 화음을 연습한다.

화음을 넣어서 환상적인 합창을 만들어내던 바탁족에 관한 이야기를 들으면서, 나는 노래의 저력을 느꼈다. 그들은 한 생명이 탄생하면 마을 주민 일가친척들이 수백 명 모여 노래를 부르며 환영한다. 결혼식에서도 신부 측 노래와 신랑 측 노래가 서로 마치 대결을 하듯이 뽐내다가 나중에는 합창으로 모인다. 신부와 신랑이 서로 만나서 한 가정을 이루는 현실을 노래로 표현하는 것이다. 장례식에서도 망자의 얼굴은 곱고 예쁘게 화장하고 꾸며져 문상객들이 고인의 예쁜 모습을 보면서 편안한 마음으로 이별할 수 있도록 한다. 그리고 쌀을 넣은 봉지를 머리에 인, 수백 명이 넘는 마을 주민과 일가친척들이 함께 노래를 부르면서 쌀을 부조한다. 남녀노소 수백 명이 노래를 부르는데, 그 화음이 안정되고 한없이 아름답다. 그들은 울음 대신 노래로 유족들을 위로하고 망자를 떠나보낸다. 노래가 슬픔으로 젖어 들지 않고 기쁨으로 아름답게 승화되고 있다. 이렇듯 바탁송은 민족의 노래로 뿌리내렸다. 그들은 노래에서 상처를 치유 받고, 위안을 얻고 희망을 찾는다.

환영 노래를 들은 후, 몇 번 더 와룽을 찾았다. 근로자 가수들은 탁자 위에 우리나라 막걸리 같은 발효 곡주를 한 잔씩 놓아두고 마시면서 노래를 불렀다. 우리도 같은 술을 시켰더니, 그들은 손뼉을 치면서 너무나 좋아했다. 주인집 딸은 미묘한 표정을 지으면서 술을 가져다주었다.

남편이 큰 잔에 바탁 전통주를 채워 건배를 외쳤고, 나도 그들도 흥겨워서 전통주를 한 번에 쭉 들이켰다. 우리나라 막걸리에 감미료를 뺀 듯한 술로 처음은 쌉싸름하고 뒷맛이 깔끔했다. 그런데 우리를 호위해주는 군인들이 머뭇거리는 게 영 미심쩍었다.

다음 날 아침, 남편이 사무실에 근무하는 현지인에게 그 술에 관해 물었고, 전통주 제조 비법을 알게 되었다. 그 술은 결혼 안 한 처녀들이 오며 가며 품앗이로 쌀을 한 주먹씩 입에 넣고 꼭꼭 씹어서 입안의 침이 골고루 잘 섞이게 씹은 후, 술독에 뱉어내서 발효시킨 술이란다. 노래에 꼭 어울리는 술이라고 생각했다가 뒤통수를 세게 맞은 기분이었다. 하지만 우리를 진심으로 환영해준 그들의 술 문화에 동참했다는 동질감에 뿌듯하기도 하였다.

남편과 헤어질 때가 되니까, 마음이 먹먹하고 슬펐다. 그러면서도 한 달 동안 갈고 닦은 노래를 들을 생각에 설레기도 하였다. '어떤 멜로디일까? 슬픈 노래일까?' 여러 가지 생각이 교차하는 가운데, 드디어 그날이 왔다.

우리가 와룽에 도착하자 큰 천막이 쳐져 있었다. 흡사 잔칫날 같았다. 마을 사람들이 격식 있는 전통 옷으로 차려입고 근로자들과 함께 우리를 기다리고 있었다. 반소매에 반바지와 슬리퍼 차림의 우리가 너무나 부끄러웠다. 우리를 환송하려는 그들의 정성과 마음에 감동이 밀려왔다. 마을 주민들은 인도양이 있는 서쪽 하늘의 진한 핑크빛 석양을 배경으로 한 폭의 그림이 되어갔다.

곧 그들은 바탁의 전통 잔칫날처럼 남성과 여성이 서로 나누어져서 코러스를 넣으며 노래를 불렀다. "우리 사랑, 우리 인연 잊지 말아요. 아름다운 당신을 평생 간직할게요." 이런 내용의 노래가 지금도 가슴 깊이 새겨져 아련히 남아 있다. 처음 본 가족을 위해 정성을 다하는 그들의 표정과 노래의 화음에 느꺼운 감정이 벅차올랐다.

1년만 허락해달라던 남편의 해외 근무는 훌쩍 5년을 넘어버렸다. 나는 일 년에 두 번씩, 한 달간 체류하면서 아름다운 바탁 노래를 마음껏 들을 수 있었다. 나도 어느새 바탁 음악에 빠져서 자주 바탁 노래를 흥얼거렸다.

가끔 고즈넉한 저녁노을을 보면 인도네시아 실랄라이 베이스캠프에서 하루의 고된 일과를 끝낸 현지 근로자들이 와룽에서 한 잔의 바탁 전통주를 앞에 두고 노래를 합창하던 그 장면이 떠오르곤 한다. 그때 천상의 바탁송을 밤빗소리와 함께 들으며 아득히 꿈나라로 빠져들었던 그 시절의 추억이 새록새록 되살아나 내 마음을 감미롭게 가득 채운다.

살다 보면 스스로의 혼란과 고뇌를 견디지 못해 마른 지푸라기 같은 마음이 된다. 이럴 때 편안한 그늘이 되어주는 노래가 있다면, 그 노래로 촉촉한 이슬방울을 만난다면 이 세상은 살만할 것이다.

수많은 기다림과 가야 할 길이 아득하게 느껴질 때, 천상의 노래 바탁송은 어두운 나의 길을 비춰주는 등불이 되어준다.

SABIAN

Oh Yeong Mi

오 영 미

못생긴 가수에 대한 추억

지금은 틀리고 그때는 맞았다

오영미

서울 종로에서 태어나 명동에서 청소년기를 보냈다. 소설을 쓰려고 황순원 선생님이 계시는 경희대에 진학했으나 장터 약장수의 아크로바틱 쇼나 무대예술에 대한 관심 때문에 희곡 공부를 시작했고 그것으로 석사, 박사를 마쳤다. 현재는 한국교통대학교 한국어문학과에서 희곡과 영화 시나리오, TV 드라마 쓰기를 가르치고, 한국 시나리오 작가에 대한 연구를 하고 있다. 희곡작품집으로 『탈마을의 신화』가 있고, 저서로는 『한국전후연극의 형성과 전개』『희곡의 이해와 감상』『문학과 만난 영화』『오영미의 영화 보기 좋은 날』 등이 있다.

못생긴
가수에 대한
추억

"와 하필 그래 못생긴 걸 좋아하나?"

엄마가 늘 하셨던 말씀이다. 연예인을 좋아한다면 누구든 예쁘고 잘생겼기 때문일텐데, 그 상대가 조영남이었으니 그럴 만도 하지 않은가. 그의 노래가 좋아서 시작된 것은 아니고 입지전적인 성장담이나 서울대 출신의 대중가수라는 이유였을 것으로 보이는데, 언제부터였는지는 모르겠다. 누군가를 좋아하면 콩깍지가 낀다는 표현을 쓰곤 하는데, 조영남을 향한 10대의 내가 그랬다. 그의 외모 같은 건 눈에 들어오지도 않았고, 오히려 외모만 믿고 노래 부르는 다른 가수에 비해 그의 곱지 않은 외모는 가창력을 더욱 돋보이게 하는 매력으로 다가왔다. 당시 문학소녀였던 내 수첩의 단골 수록시는 박인환의 「목마

와 숙녀」, 푸쉬킨의「삶이 그대를 속일지라도」 그리고 조영남의 노래 〈딜라일라〉였다.

'crazy about'이라는 영어 표현을 보면 '열광하다' '무엇에 빠지다'로 번역되는데, 그곳에 crazy(미치다)라는 단어가 쓰이는 것을 보면 특정 대상을 향한 열정은 동서고금을 막론하고 미치는 단계인 것으로 보인다. 그렇게 미쳐 있던 시절의 우스꽝스러운 기억이 하나 있다.

조영남이 공연차 미국으로 향할 것이라는 것과 구체적인 날짜까지 보도된 일이 있었다. 그를 직접 보고 싶었고 그가 떠나는 날 공항에 가면 가능하리라 생각했고, 학교를 마치자마자 김포공항으로 향했다. 그때는 인천공항이 생기기 전이었고, 해외여행이 자율화되기 이전이라 공항에 진입한다는 것은 참으로 특별한 결심을 해야만 했다. 더욱이 서울 명동 주변에서 학교를 오고가는 게 전부였던 내가 그 먼 곳까지 다녀오려면 당일 안으로 집에 오는 차를 탈 수 있을까도 걱정인 상황이었다. 누구에게 물어볼 수도 없는 일이었다. 그 당시 교통 정보라는 것이 그랬다.

그날 나는 극한의 육체적 고통과 두려움에 떨며 공항을 다녀올 수밖에 없었다. 공항 청사까지 진입하는 대중교통이 바로 없었기 때문에 버스를 한 번 타고 난 후 비포장길을 몇 시간 넘게 걸어서 도착할 수 있었다. 아마 공항버스비가 수중에 없었기 때문에 걷자고 마음먹었는지도 모를 일이다. 온통 먼지로 휩싸인 도로와 교복, 해진 구두, 숨이 막히는 더위, 그리고 책가방과 도시락 가방까지, 그날의 기억은 열정보다 고통으로 다가온다. 그러나 고통은 지금 내가 과거를 바라보는 정서일 뿐 그 시절 나는 감당하기에 거뜬한 열정이었다.

우상을 만나고픈 눈물나는 노력에도 불구하고 그날 나는 결국 조영남을 만나지 못했다. 비행 시간도 알고 갔었는데, 취재기자도 없는 썰렁한 청사에서 하염없이 기다리다 돌아온 것을 보면 뭔가 잘못된 정보를 알고 갔음이 분명하다. 돌아오는 길 역시 가로등 불빛과 변함없이 휘날리는 먼지, 그리고 지독한 허기로 기억된다.

그 후로도 나는 그의 노래를 변함없이 좋아했고, 인간 조영남도 좋아했다. 그만큼 노래를 잘하는 가수를 더 이상 몰랐고, 돈벌이나 인기에만 급급한 다른 대중가수들과는 차원이 다른 음악성을 지닌 가수라고 여겼다. 그가 화투로 화폭을 장식하는 특유의 그림을 선보였을 때도 그의 남다른 재능을 칭찬하고 존경하기도 하였다.

세월이 흘러가면서 그를 가까이서 접할 기회가 없었던 것은 아니다. 내가 재직하는 대학에 초청되어 노래하는 무대를 몇 번 경험했는데, 롤러가 달린 운동화를 타고 나와 재주를 부리고 관중을 사로잡는 무대 매너와 노래를 가까이서 지켜볼 수 있었다. 옆에서 그의 무대를 함께 보던 동료 교수에게 김포공항 사연을 들려주었더니 박장대소를 하며 '특이한 취향이네. 일반적으로 좋아할 얼굴이 아닌데'라고 했다. 역시 그는 못생겨서 팬심이 작동할 대상이 아닌가 보았다.

더욱 가까이서 조영남을 느끼게 된 또다른 기회는 남편이 그의 집을 방문했던 일이었다. '우리 마누라가 당신 팬인데, 김포

공항까지 갔었대'라고 말해야 했는데 깜빡했다고. 농담 섞인 가벼운 말이었지만 남편도 미술을 업으로 하는 사람이니 언제 한 번 그를 볼 수도 있겠거니 기대가 되기도 하였다.

그리고 한참의 시간이 흘러 그의 미술작품이 대작 논란이 일고, 법정을 오가는 시비에 휘말리는 좋지 않은 기사가 종종 들려왔다. 근간에는 윤여정 씨가 영화 연기로 국민적 사랑을 받을 때 빠지지 않고 조명되는 과거의 그의 못된 행적들로 정말 국민적 미움을 사고 있다. 이쯤이면 '나의 일그러진 우상'이라고 말해야 하겠다. 그는 내게 노년의 초라함을 극복하고 그렇게 멋졌던 가수 조영남으로 돌아올 수 있을까. 일그러져가는 우상을 지켜보는 일이란 정신적으로 매우 불편한 일이다.

지금은 틀리고 그때는 맞았다

언제부터일까. 감탄사를 놓아버린 시간이 오래되었다. 내 눈은 더 이상 세상의 색깔을 원색으로 받아들이지 않는다. 표면과 이면은 섞여 있고, 진실과 거짓은 판단 불가인 채로 저만치 놓여 있고, 밀물과 썰물은 의지 없이 섞일 뿐이다. 세상의 그 어떤 기막힌 서사도 내 삶과 인과율로 얽히지 않으면 심드렁하다. 이것이 나이가 들어가는 증거라고 다들 그렇게 말한다. 그럴 것이다. 본 것, 들은 것, 체험한 것이 매시간 나이만큼 쌓여가니 내 나이 아래 새로운 것이 무엇이 있겠는가.

나는 이런 감성 상태를 레트로의 색깔로 받아들인다. 옳고 그름의 판단으로 받아들일 수 없는 순수한 추억 그 자체, 과거의 낯빛으로 다가오는 장면들은 그저 평범한 정서 안에 놓여 있다. 그러나 추억의 면면을 들여다보면 열정도 그런 열정이 없고 몰입도 그런 몰입이 없다. 이러한 변화가 어느 영화의 제목처럼 지금은 맞고 그때는 틀리기 때문만은 아닐 것이다. 오히려 그 반대일 수도 있다.

오래된 시간의 흔적들. 촌스러움과 아련함이 묻어나는 기억의 사진 두 장을 펼쳐보려 한다.

언젠가 〈TV는 사랑을 싣고〉라는 프로그램을 보며 내가 옛사람을 찾는 주인공이라면 누구를 찾을까를 생각해본 일이 있다. 그때 나는 고등학교 선배였던 J를 수소문하고 싶어 했다. J는 여고 시절 1년 선배였고, 미션스쿨이었던 우리 학교의 종교반 활동을 통해 알게 되었다.

그녀는 고교 시절 내내 내가 언니처럼 엄마처럼 따르던 선배였다. 그녀에게도 여러 후배들이 있었지만 내게 특별히 알뜰살뜰 정을 보여주어서 선후배 사이인데도 매우 친밀했던 것으로 기억한다. 내가 몹시 왜소한 체격인 데 비해 그녀는 키도 크고 몸집도 우람하고 말투도 시원시원하여 엄마처럼이라는 표현이 어색하지 않았다. 늘 맛나고 풍성한 도시락도 풀어놓았으니 그럴 만도 했다.

그녀의 풍성한 도시락은 그녀가 재벌집 딸이라는 소문에 신빙성을 더했다. 1980년대 교복 입은 학생치고는 늘상 회수권(차표) 보유량도 상당하였고, 소지한 소품들도 당시로서는 쉽게 가져보지 못할 브랜드가 보였다. 분명 평범하지 않은 집안 출신이라는 느낌은 있었다.

그러나 어쩌다 그런 소문을 접할 때 그녀의 답은 강한 부정이었다. 그런 그녀의 태도를 두고 진짜 부잣집 딸이니까 집안 얘기를 털어놓지 못하는 것이라고들 수군거리기도 했다. 지금도 진위 여부는 알지 못한다.

내가 그녀를 기억하면서 집안 얘기를 장황하게 된 데에는 그 다음의 사연과 연관이 있다. 내가 다니던 여고는 서울 명동의 한복판에 자리하고 있었고, 그곳에는 DJ가 음악을 틀어주던 유명한 음악다방이 있었다. 교복을 입은 우리가 다방을 드나들기는 힘들었지만, 우리는 그곳을 가슴 설레며 좋아했고, 대학생인 척 사복을 입고 드나들곤 했다.

우리가 그곳을 좋아한 것은 DJ를 하던 P 때문이었는데, 그는 잘생겼고 중저음의 목소리를 지니고 있었다. P에 대한 팬심은 대학에 입학한 이후에도 이어졌고, 나는 그때 DJ가 되리란 꿈을 키우며 팝송을 전문적으로 공부하기도 했다. 내가 고3일 때 선배 J는 재수를 했고, 내 동기들이 입시에 매달려 있던 시기에 J는 전보다 많은 횟수로 그곳을 드나들었던 모양이다.

우리가 각자 다른 대학을 가거나 취업전선에 뛰어든 이후 고등학교 시절의 애틋함은 어느새 사라지고 서로의 소식조차 알지 못하는 시간이 흘러갔다. 그런데 그렇게 1, 2년의 시간이 흐르고 우연히 선배 J를 길거리에서 목격하게 됐는데, 놀랍게도 그녀와 함께 있던 남자가 다름 아닌 P인 것을 보고 나는 너무 놀라서 뒷걸음쳐 달아나고 말았다. 그들의 연애를 까마득히 모르고 있었고, 그렇게 콧대 높은 우리의 우상 P와 엄마 같은 선배 J가 연인 사이가 되다니 이것저것 생각할 겨를도 없이 그 자리를 피할 정도로 충격 그 자체였다.

그 뒤로 들리는 소문에 의하면 J의 대단한 집안에서 음악다방 DJ 따위를 딸의 남자친구로 받아들이지 않아 J는 가출을 하고 둘은 동거를 하다가 결국은 헤어졌다고 했다.

또 다른 사진을 하나 넘겨보려고 한다.

이 기억은 중학교 때니까 좀 더 시절을 거슬러 올라간다. 요즘 표현대로 그 시절 나의 최애 과목은 국어였고, 당연히 국어 선생님은 선망의 대상이었다. 문학을 전공 삼아 지금껏 살아온 데에는 학창시절 국어 선생님을 동경한 시간들이 있었기 때문이라는 생각이 든다. 국어 시간이 되면 교탁에는 늘 내가 마련한 음료가 놓여 있었고, 그의 관심을 받기 위하여 다른 과목은 제쳐두고 국어 공부에만 매달려 유일하게 국어만 전교 1등의 점수를 받았다. 방과 후에는 그의 퇴근하는 모습을 보기 위해 운동장 스탠드에서 기다렸고, 공책에는 그의 나이와 열몇 살의 내 나이를 빼면 몇 살이 되는지 그런 수식이 종종 낙서로 그려졌다.

참으로 철없는 열정이었지만 전교에 소문이 나도록 좋아하는 마음을 감추지 못하고 신열에 들뜨듯 학교를 드나들었다. 그러던 어느 날 퇴근하시는 선생님을 뒤따르다가 그의 집까지 가게 된 일이 있었다. 화곡동의 어느 허름한 아파트였던 걸로 기억하는데, 집으로 들어가시는 선생님과 잠시 시차를 두고 따라가 보게 되었다. 그런데 열린 현관문 사이로 허름한 런닝셔츠를 걸치신 선생님과 사모님이 목청을 높여 싸우고 계신 모습이 보였다. 나는 못 볼 것을 본 듯이 가슴이 뛰기 시작했다. '나의 우상이 저렇게 악마 같은 사모님과 사는 거였어?' 나의 우상을 향한 너무 일방적인 부부 재판을 내가 하고 있었다. 그 뒤로 내 동경심에는 연민도 함께 섞이게 되었다.

그런데 음악을 얘기하는 이 글에서 내가 하고 싶은 얘기는 좀 다른 데 있다. 빠끔히 들여다 보이던 선생님의 집 안 풍경에서 내 눈을 사로잡은 것은 거실 전면을 빼곡이 차지하고 있던 레코드판들이었다. 나는 그 레코드판이 클래식인 것을 후에 알았다. 나의 국어 선생님은 클래식 애호가였다. 자연스럽게 그때부터 나의 클래식 사랑은 시작됐고, 알파벳순으로 정리된 클래식 연주곡의 리스트를 지니고 다니며 외우기 시작했다. 언제든 선생님과 마주 앉아 음악 얘기를 하게 되면 선생님과 상관없이 나도 클래식을 애호했느라고 말하고 싶었기 때문이었다. 고등학교 시절 음악다방을 드나들던 그때까지도 나는 클래식을 들으며 국어 선생님을 기억하고, 심지어는 악마의 소굴에서 선생님을 구출해야 하는 게 아닌가 하는 엉뚱한 상상을 하곤 했다.

젊은 시절은 무엇에 몰입하는 감정이 결코 편안하지 않았다. 지금 생각하면 촌스럽기 그지 없는 감정들이지만 생각보다 감성이 앞섰고, 편안함보다는 불편함을 즐겼다. 그때는 호불호에 대한 기호도 명확하고 선악에 대한 기준도 나름 뚜렷했다.

레트로한 감성들이 지금의 나를 그 시절로 이끌면 부끄러움에 몸을 떨지만 젊은 시절 우리 모두의 삶 자체가 훗날을 도모하지 않는 몰입의 순간 그 자체였다. 그렇다. 지금은 틀리고 그때는 맞았다.

Lee Shin Ja

이 신 자

왕자와 광대

오랜만의 덕질

이신자

서울 연희동에서 태어났다. 가천대학교 대학원에서 국어교육학을 전공하였고 현재 초등학교에서 논술과 글쓰기를 가르치고 있다. 2012년 계간지 『서시』에 소설을 발표하였다.

왕자와 광대

제안대군(齊安大君) 이현(李琄)*은 열네 살에 이혼했다. 그는 어머니 인혜대비에게 아내 김씨와 이이(離異)해도 된다는 허락을 받고 집으로 돌아가 춤을 추고 거문고를 연주했다. 이혼 파티였다. 하지만, 그의 자유로운 독신생활은 6개월을 넘기지 못한다. 아들이 솔로가 되자마자 더 나은 혼처 물색하기에 골몰했던 인혜대비는 고르고 고른 끝에 이조판서 박중선(朴仲善)의 딸을 재취 자리로 낙점한다. 이현은 열네 살의 섣달에 박씨와 서둘러 재혼한다.

* 조선 제8대 왕 예종의 차남. 예종이 훙어했을 때 불과 네 살의 나이였다. 훈구대신 한명회와 할머니 정희왕후의 주도 아래 사촌형 자을산군 성종(成宗)이 왕이 된다. 당시 성종은 한명회의 사위였다.

자유를 꿈꾸었던 이현에게 정상적인 재혼 생활을 원한 것은 애초에 무리였다. 몇 년이 지나도록 박씨와의 사이에 아이는 생기지 않았고 처가 있는 안채에 몇 년간 얼씬도 않는다는 소문만 백 리까지 파다했다. 급기야, 후처 박씨는 레즈비언 사건으로 떠들썩한 추문을 일으키고 조선 왕실에서 퇴출당한다. 대군이 두 번째 이혼을 하게 된 것이다. 가문의 명예를 더럽힌 죄목으로 자살을 당했는지 병사를 했는지 모르지만 박씨는 친정으로 쫓겨간 지 얼마 되지 않아 사망한다.

이현이 박씨와 이혼하고 다시 맞아들인 부인은 뜻밖에 첫 부인 김씨였다. 김씨와 재결합하지 않으면 어떤 누구와도 혼인하지 않겠다며 어머니 인혜대비와 사촌형 성종에게 떼를 쓴 끝에 얻어낸 허락이었다. 그토록 싫어하며 쫓아냈던 첫부인을 다시 맞아 들이려는 제안대군의 생각과 고집을 그 누구도 이해하지 못했다. 왕실을 비롯하여 조선 백성들은 대군의 변덕에 혀를 찼고 그를 자발없고 어리석은 자로 규정 짓게 된다. 하지만, 대군은 자신을 감싼 구설수와 소문의 회오리에 미동하지 않는다.

철저한 함구 속에서 춤과 음악으로 의사(意思)를 대신할 뿐이었다. 첫부인 김씨와는 죽을 때까지 해로한다. 두 부처 사이에 자식은 없다. 역사는 대군의 혼인 생활을 거기까지 기록한다.

드라마나 영화가 없던 시절 백성들은 두 번이나 이혼한 왕자의 사생활과 두 아내에게서 아이를 얻지 못한 대군의 생식 능력에 흥미와 관심을 기울이고 빨래터나 연못가에서 저마다 찧고 까불었다. 한동안 빅뉴스로 헤드라인을 장식하던 대군의 사생활은 급기야 일국의 왕자를 고자(鼓子)로 만들고 끝을 맺는다.

야사인지 실제인지 모르겠지만 제안대군은 좀체 여인을 가까이하지 않았다고 한다. 그를 아꼈던 사촌형 성종과 조카 연산군이 미모의 궁녀를 사랑채 침소에 들여 보내 주었어도 더럽다고 쫓아냈다고 한다. 하지만, 그 부분은 나의 관점으로 생각해볼 때 남자라고 해서 아무 여인과 관계 맺기를 좋아한다고 생각하지 않는다. 여인의 미모를 바라보는 관점이 다르듯, 여인을 취하는 방식도 다를 수 있기 때문이다. 다다익선을 좋아하는 남자가 있는 반면 낯선 여인과의 잠자리에 이물감을 느끼는 남자도 있을 것이다. 아니면 성종과 연산군이 들여주었던 미모의 궁녀들이 제안대군의 스타일이 아니었을 수도 있는 것이다.

아이로니컬하게도 대군의 집 수진궁(壽進宮)에는 평생 여인이 들끓었다. 그것도 젊고 예쁜 여인들이 차고 넘쳤다. 후에 그의 집은 기녀 양성소로 전환된다. 어린 소녀들에게 가무를 가르쳐 장악원(掌樂院)*으로 들여 보냈던 일이 연산군 때 뇌영원(蕾英院)**으로 바뀌는 배경이 된다. 때문에 평생, 그의 주변에는 여인네들이 차고 넘쳤지만 그들과 단 한 건의 스캔들도 나지 않았다는 점에서 정말 고자 아니면 면벽하는 수도승에 준하는 해탈의 경지에 이르렀을지도 모른다는 것이 나의 추측이다.

각설하고, 제안대군은 수진궁에 광대, 승려, 기녀, 화랭이,

* 조선시대 궁중에서 연주되던 음악 및 무용에 관한 모든 일을 맡아 보던 관청.

** 가흥청(假興淸)의 임시 처소. 정식 기녀가 되지 않은 처녀들이 숙식하면서 기녀 수업을 받는 곳.

무부, 무당, 맹인, 화척 등 온갖 천인들을 끌어들인다. 천인들이 수진궁에 입성할 수 있는 조건은 단 한가지, 재주가 있어야 한다. 그가 원하는 재능이란 음악이다. 당시, 광대들이 흔히 하는 춤, 줄타기, 연극 등의 소질을 보여도 수진궁에 받아들였지만 제안대군이 주로 선호했던 재능은 악기와 노래였다.

대군은 집안의 노비들에게도 악기, 춤, 노래 중 하나씩은 가르친다. 참고로, 노래를 잘했던 연산군의 후궁 장녹수는 수진궁이 배출한 경중우인(京中優人) 출신이다. 당시, 일부 사대부가나 종친들은 '경중우인'이라고, 집 안에 손님이 오면 접대하기 위해 젊고 수려한 인물을 지닌 노비들에게 악기나 춤, 노래를 가르쳤다. 하지만, 그것도 각자 지닌 취미 활동의 일환이기 때문에 모든 종친이나 사대부가에서 실행하지는 않았을 것으로 간주한다.

하여간, 대군의 집 수진궁은 어느새 종합예술인들의 집합소가 된다. 대군가의 천인들이 펼치는 가무가 소문나서 종친, 사대부, 왕(성종, 연산군)이 수진궁에 와서 공연과 기예를 감상하고 공연을 본 양반들은 저마다들 꼭꼭 감춰두었던 한량 본능을 여과 없이 드러낸다. 왕은 수진궁의 기녀나 가비들과 동침을 하게 되고…… 어쩌면 갑자사화의 시발점이 된 성종 용안의 스크래치 사건이 수진궁의 하룻밤에서 비롯되었을지도 모른다는 생각이 들기도 한다. 제안대군은 그토록 남의 가정사에 평지풍파를 일으키게 된 장본인이 될지도 모르고 오로지 집안에 온갖 광대들을 들여놓고 그 안에서 그들 속에 섞여서 춤, 노래, 악기, 연극 경연대회를 열면서 일상을 채워 나간다.

혹자는 제안대군을 어리숙하고 세상 물정에 어두운 사람으로 평가한다. 그것을 여러 의미로 해석하기도 하는데 대군이 왕위를 사촌형 성종에게 빼앗기고 신변을 보호하기 위해 일부러 어리숙한 체했다고 하기도 하고 원체 어리숙한 바보였다고 평가하기도 한다. 제안대군이 성종과 연산군으로부터 신변보호를 하기 위해 어리숙한 체했건, 원래 바보였건 중요하지 않다. 단지, 그는 조선사회의 룰에 맞지 않는 파격적인 행동을 많이 보였다는 점에서 그렇게 평가되었을 것이다. 그것도 품격을 지키고 고상과 우아를 한껏 떨어야 하는 왕자의 신분으로 광대짓을 했기 때문에 상류사회에서는 그가 모자라고 어리석은 이로 보였을 수도 있다.

그는 오로지 음악을 좋아했고 음악 활동을 하기 위해 자신이 가진 신분과 지위와 넉넉한 재물을 최대한 이용했다. 천인들을 기용했고 예술인으로 양성하는 데 지원을 했으며 아끼던 예술인들을 장악원에 빼앗겨버리는 것에 애석해했다. 왕자의 신분으로 가무를 펼칠 때면 천인들 속에 주저 없이 섞였고 양반들 앞에서 광대가 되는 것도 개의치 않았다.

대군은 어머니 안순왕후가 돌아가신 후부터 집 안에서 더 이상 잔치를 열지 않고 고독한 칩거 생활에 들어간다. 하지만 그가 좋아하는 피리와 거문고는 손에서 놓지 않았던 것 같다. 혹자는 대군 인생의 후반기 면벽수행에 가까운 칩거 생활이 연산군의 폭정 때문이라고 하지만 대군은 조카 연산군이 쫓겨나는 시점까지 친하게 지낸다. 연산군은 대군의 집에 가무를 즐기러

오는 많은 팬들 중 하나였을 뿐이라는 것이 후에 새로 올라온 중종과도 무난하게 지냈던 것을 보면 알 수 있다. 제안대군은 감수성 풍부한 조카 연산군의 시를 듣고 연산군은 숙부의 악기 연주를 듣고 좋아했을 뿐 둘은 정치사를 논하지 않았을 것이다. 중종반정의 혼란 속에서도 제안대군은 여전히 왕실의 종친으로 대접받고 천명을 채우게 된다.

그는 왕자였지만 광대이기도 하다. 광대는 조선 팔천(八賤) 중 하나였지만 왕자의 몸으로 기꺼이 광대의 길을 선택한 사람이기도 하다. 엄격하고 철저한 유교 사회에서 파격적인 마인드를 지녔던 그는 독신 생활을 추구했고 자녀를 낳지 않았던 것도 전적으로 그의 선택이었을 것으로 추측한다. 그의 파격성은 집안의 노비들과 어울려 춤과 악기 연주를 함께하는 데 주저하지 않았고 어린 천출들에게도 직접 악기를 가르쳤던 것이다. 그의 집 노비와 광대들이 모두 음악을 좋아한 것은 아니었겠지만 조선 사회의 억눌린 신분의 압박에서 조금이라도 벗어나고 최소한의 꿈을 이루고 펼칠 수 있었던 것은 예술이 가진 힘이 아니었을까.

반상의 구별이 엄격한 조선사회에서 밑바닥 신분인 천인과 최상의 신분인 임금을 한자리에서 아우를 수 있도록 묶어주었던 것은 음악의 힘이었다. 그것은 제안대군의 예술에 대한 진지한 마음과 자세로 인해 가능했던 것이다.

그는 자신의 집 수진궁 울타리 안에서 공연을 펼치면서 광대도 되었다가 왕자도 되고 한량도 되고 그가 누리지 못한 왕의 지위에도 올라보았을 것이다. 팔천들과 어울려 음악에 묻혀 살았던 그의 삶은 비록 왕위를 차지하지 못했지만 못지않게 충만한 삶이었을 것이다. 바보의 이미지로 가려진 그의 모습이 가무를 좋아했던 광대로 포장되어 파란만장한 조선 왕실에서 온전하게 몸을 보존할 수 있었고 천명을 채울 수 있었던 것은 덤이다. 그는 조선의 드문 뮤지션 중 하나이다.

오랜만의 덕질

'내 귀에 도청장치'를 알게 된 것은 2012년 가을이었다. 그즈음 나는 물엿처럼 끈적하게 들러붙은 우울감을 며칠 동안 제거하지 못한 나날을 보내고 있었다. 어느 날의 나는 초저녁 잠에 빠져 들었다. 때때로 우울증 환자들이 수면제의 힘을 빌려 잠을 청하는 것처럼 우울감이 들 때면 한동안 잠을 청하며 나 자신을 달래고 있을 시기였다. 다행인 점이라면 굳이 수면제의 힘을 빌리지 않아도 잠에 빠져들 수 있다는 점이었다.

초저녁 잠은 오래가지 못했고 문득 잠에서 깬 내가 텔레비전을 켰을 때 KBS TV에선 〈탑밴드〉라는 프로그램이 방영 중이었다. 공영방송국의 아나운서답게 단아하고 깔끔한 용모를 지녔지만 이미지에 어울리지 않게 스모키 메이크업에 커다랗고 유니크한 액세서리를 주렁주렁 매단 여자 아나운서가 한 밴드를 막 소개하고 있었다. 나는 그날 그 방송에서 그들을 만났다.

올 화이트 복장에 뒤에 커다란 날개를 단 보컬이 나와 전주 부분에서 특이한 퍼포먼스를 할 때에도 별 감흥이 일지 않았지만 내 손가락은 다른 채널로 리모컨을 누르지 않았다. 늪처럼 서서히 빠져들 것이면서도 대번에 감흥이 일지 않았던 것은 아마 낯섦이었을 것이다. 4분 남짓한 노래였지만 퍼포먼스를 펼치며 노래 부르는 보컬의 앞머리는 순식간에 땀에 젖어갔고 손가락은 떨리고 있었다. 나머지 멤버들의 표정도 혼이 나간 것처럼 얼이 빠져 있었지만 분명한 것은 그들의 눈빛이 하나같이 치열해 보였다는 것이었다. 나는 그들의 치열함에 응원을 했는지 아니면 특이한 복장과 퍼포먼스에 호기심이 생겼는지 또는 곡에 홀딱 반했는지 모르지만 그날부터 그들의 팬이 되기로 마음먹은 것은 분명했다.

처음이자 마지막으로 '빠순이' 짓을 하게 되는 시점이었다. 하지만, 질풍노도의 시기에도 결단코 빠순이 노릇을 하지 못했던 나는 고작 한다는 행동이 동영상 사이트 유튜브를 통해 그들의 노래를 찾아 듣는 일뿐이었다. 한동안은 그렇게 그들의 노래를 열심히 찾아 듣다가 덩달아 타 인디밴드들의 공연까지 찾게 되었고 나는 점차 인디밴드에 중독되어갔다. 그들의 중독성은 무엇이라 설명할 수 없는 부분이었다. 마약을 해본 적은 없지만 사람을 홀리고 흡수하는 면에서는 아마 그에 버금갈 것으로 여겼다.

나는 열에 들뜬 사춘기 소녀처럼 단독 공연의 티켓을 겨우 구해 난생처음 홍대 클럽 지하실까지 쫓아가 관람을 하고 족히 열 살은 훨씬 넘게 차이나는 여성 팬들 속에서 무당처럼 뜀뛰기를 하였다. 평소엔 멀다고 가지도 않고 갈 생각도 없었던 신촌과 홍대를 향해 나의 몸뚱이를 움직이게 했던 그들의 힘은 마치 광신도들을 움직이는 주교처럼 강렬하고 대단했다. 나는 난생처음 그들의 음반을 사서 멤버들의 사인을 받기 위해 줄을 서기도 했고 단독 공연이 끝난 뒤 팬클럽 회원들과 뒤풀이에 참석하여 술잔을 기울이기도 했다.

급기야 먼 훗날 내가 인기 작가가 되었을 때 축하 공연 밴드로 그들을 초청하는 상상까지 이르렀을 때에는 그들에 대한 나의 덕질이 심각한 수준에 다다랐다며 스스로 자조하곤 했다.

그들을 만나게 되면서 끈적하게 붙어 떨어지지 않던 옅은 우울감은 점차 내게서 지워지게 되었다. 나는 그런 그들의 힘의 원천이 무엇인지 도무지 깨닫지 못한 채 한동안 내가 좀체 하지 않던 덕질을 하고 다녔던 것 같다. 그러면서 나는 그들이 나를 끌어당겼던 강한 힘의 원천이, 굳이 화학적인 힘을 빌리지 않아도 정신의 상처를 치유할 수 있었던 비결이 무엇이었던가에 대해 생각하기 시작했다. 아마 그들은 내게 진정한 예술가로 다가왔던 것 같다. 그들을 만나고 나는 텔레비전에서 나오는 음악과 노래들이 식상해졌고 가식적으로 여겨졌다. 정제된 음악과 복장과 획일적인 춤들이 누군가의 통제와 연출에 의해 만들어졌다고 여겨졌다. 아마 인디밴드들이 정규 방송에 쉽게 출연할 수 없는 이유도 그 괴리감을 서로 간에 극복하지 못했기 때문이었을 것이다. 나는 그 비정제성에 빠져들었던 것이다.

예전에, 한 열정 많고 야심에 찬 젊은 피디가 인디밴드들의 음악이 주는 매력을 진작에 알아보고 그들을 방송에 출연시키려 애썼던 시절이 있었다. 하지만 이내 젊은 피디의 야심과 열정은 끝을 보이고 말았다. 일부 인디밴드 그룹이 방송 출연을 한 기쁨인지 흥분인지 모르겠지만 생방송 중, 방송사상 전무후무한 퍼포먼스를 벌여 대형 방송사고가 터지고 만 것이다.

그 후, 인디밴드들의 방송출연 기회는 요원하게 된다. 방송출연만 못 하게 된 것뿐만 아니라, 공연장에서 공연하는 일도 많은 제약을 받게 되었다. 한창 흥이 달아오른 공연장에서 밤 아홉 시만 넘어가면 갑자기 전기가 나가 공연을 할 수 없는 지경에 이르렀고 인디음악은 퇴폐적이고 저급하다는 편협되고 불명예스런 꼬리표까지 붙이게 된다.

하지만, 인간에겐 한계가 있지만 예술은 영원하다. 예술가란 명칭은 끝까지 포기하지 않는 자들이 누릴 수 있는 당당한 권리인 것처럼 결국 그들은 편견과 누명을 벗고 지금까지 당당하게 활동하고 있다. 그들을 포기할 수 없게 한 것은 예술에 대한 집념과 열정이 아닐까 싶다. 당시에 비하면 팬층이 많이 돌아서고 떨어져 나갔음에도 불구하고 꿋꿋하게 그 푸르름을 발하고 있는 그들에게 경의를 표한다.

코로나19가 1년 넘게 지속되고 있다. 텔레비전이나 유튜브 등 온라인 공연을 제외한 오프라인 공연들은 한동안 '얼음' 상태다. 역병이 창궐하는 시기에도 자연의 순환은 정확하여 사계절을 보내고 봄은 다시 왔지만 공연계는 여전히 겨울인 것이다. 워낙, 정적인 성격 탓에 공연장까지 쫓아가 공연을 관람하는 일은 드물지만 연극, 밴드, 뮤지컬 등 순수예술의 공연이 멈춰 있는 것이 애석할 따름이다. 그동안 예술인들이 순수하게 예술을 하여 생긴 돈으로 먹고살 순 없었겠지만, 예술이 밥 먹여주지 못한다고 해서 예술을 포기할 수는 없다는 것을 나는 너무나도 잘 알고 있기 때문이다. 예술에 목숨을 걸든, 인생을 걸든, 명예를 걸든, 생계를 걸든, 사랑을 걸든 예술을 끝까지 추구하는 사람들이 하나뿐인 삶을 충실하게 누리며 행복한 인생을 살고 있다는 점은 명확하다.

Chang Hyun Sook

장 현 숙

눈부시게 찬란했던 내 청춘의 〈광화문 연가〉

시인이 흥얼거리던 〈봄날은 간다〉

장현숙

포항에서 태어나 경주에서 성장하다 서울로 이주하였다. 내 문학적 토양은 경주에서의 추억에서 비롯된 듯. 이화여고 시절에는 음악 듣기와 그림 전시회를 즐겼다. 경희대학교 국어국문학과에서 황순원 선생님을 만났다. 현재 가천대학교 한국어문학과 교수. 여전히 유유자적 여행하기를 좋아하고 발밤발밤 걸어 자유를 지향하고 있다. 탈일상을 꿈꾸면서. 저서로 『황순원문학연구』, 편저로 『황순원 다시 읽기』 『한국 소설의 얼굴』(18권) 등이 있다.

눈부시게 찬란했던
내 청춘의
〈광화문 연가〉

산다는 일은 보석처럼 빛나는 추억을 소환하는 일이다. 때로는 함께, 때로는 은밀하게. 허공 중에 흩어진 이름일지라도 바람결 따라 우리의 마음에 와닿기를 꿈꾸면서. 풋풋하고 아름다운 추억은 외롭고 쓸쓸한 세상살이에서 삶의 고단함을 견디게 하는 힘이 되어주기도 한다.

광화문 네거리에 서면, 켜켜이 쌓여 있던 그리움의 눈꽃들이 보랏빛 라일락꽃으로 만개하기 시작한다. 첫사랑처럼 달콤한 라일락 향내는 나로 하여금 눈부시게 찬란했던 여고 시절을 추억하게 만든다. 오늘도 나는 덕수궁 돌담길을 걸으며 이문세의 〈광화문 연가〉를 흥얼거린다. 나는 이렇게 60대가 되어서 50여 년의 세월을 거슬러 올라가고 있는 것이다.

광화문 네거리에 서면 왼편에 국제극장이 자리하고 있었다. 나는 데이비드 린 감독의 〈라이언의 딸〉을 여기서 두 번이나 보았다. 아일랜드 독립을 시대적 배경으로 한 이 영화는 유부녀인 라이언의 딸과 영국군과의 비극적 사랑을 탁월하게 묘사해놓았다. 푸른 바다를 배경으로 한 발 한 발 해변에 발자국을 찍어가며 걷는 여주인공의 모습과 적막한 밤하늘에 흐드러지게 피어난 백합꽃의 무리들, 늘 여주인공을 따라다니던 바보의 웃음도 기억난다.

광화문 네거리에 서면 오른편에 서울시민회관(현 세종문화회관)이 자리하고 있었다. 그곳에서 나는 베르디의 오페라 〈춘희〉(라 트라비아타)와 〈방랑시인〉(일 트로바토레), 푸치니의 〈나비부인〉 등을 황홀경에 도취되어 감상했다. 훌륭한 무대 장치와 주옥 같은 아리아 그리고 그것이 환기하는 비극미는 한창 감수성이 풍부했던 소녀를 감동시키기에 충분했으리라.

시민회관 뒤편 작은 골목에는 당주동 냉면과 떡볶이집이 있었다. 새콤달콤하게 버무려진 쫀득쫀득한 면과 꼬들꼬들 씹히던 무의 환상적인 조합은 맛본 사람만이 안다. 간혹 지금도 그곳을 지날 때면 혹시나, 하고 작은 골목길로 접어들어 보지만, 역시나, 없다. 떠나가버린 연인처럼 가슴이 시리다.

시민회관 위쪽으로 새문안교회가 있었고 지금의 경희궁 자리에 서울고등학교가 자리하고 있었다. 카키색 교복에 하얀 칼라가 돋보였던 서울고등학교 학생들. 그들이 가진 저음의 목소리와 눈망울들이 생각난다. 서울고등학교 교정 앞을 지날 때면, 때로는 부끄러움으로 얼굴이 발개지기도 했고 때로는 왠지 모르게 설레기도 했었다.

내가 다녔던 이화여고의 교장 선생님은 합리적 사고를 지닌 분으로 문화적으로도 개방적이었다. 그래서 남자고등학교와의 서클 활동을 공식적으로 인정하였다.

나는 친구의 소개로 고1 후반기에 서울고등학교와 함께 하는 영어회화 서클에 가담하게 되었다. 그곳에서 선배님들과 책자도 만들어내고 영어로 주제를 정해 토론도 하며 고2를 마치게 되었다. 홈커밍 데이에는 〈로미오와 줄리엣〉을 연극하며,

주제곡 〈A time for us〉를 부르기도 했다. 음악 발표회 때에는 트윈폴리오의 〈축제의 노래〉를 듀엣으로 불렀는데, 공연히 웃음보가 터져 망쳐버린 기억도 있다. 왜 나는 갑자기 웃음보가 터질 때가 있는 걸까. 지금 생각해도 진땀이 난다.

70년대는 통기타가 유행할 때라, 우리는 어디서든 사월과 오월, 양희은, 어니언스, 김민기, 윤형주, 송창식, 김세환의 노래들을 부르고 다녔다. 양희은의 〈아침이슬〉 〈아름다운 것들〉, 김민기의 〈친구〉 〈작은 연못〉, 이장희의 〈그건 너〉 등을 부르고 또 부르며 지냈던 시간들. 통기타에 맞추어 "고개 숙인 그대여/눈을 떠봐요… 광야는 넓어요 하늘은 또 푸르러요/다들 행복의 나라로 갑시다."라고 외쳤던 그들은 모두 편안할까. 그들은 모두 행복의 나라로 갔을까. 문득 궁금해진다.

서울고등학교 건너편에는 MBC 방송국이 자리하고 있었서, 덕분에 간혹 유명한 배우나 탤런트를 운 좋으면 보기도 했었다.

이화여고 정문 닿기 전에 '그린하우스'가 있었는데, 사장님은

뜨끈뜨끈한 식빵 위에 하얀 크림을 듬뿍 얹어주곤 했다. 크림이 빵 속으로 스며들면서 촉촉하게 젖어가는 빵을 친구들과 수다 떨면서 포크로 뜯어 먹었던 그 맛. 잊을 수 없는 별미였다.

드디어 전통 양식을 갖춘 작은 나무문이 나타난다. 이화여고의 옛 정문이다. 그곳을 들어가면 오른쪽으로 붉은 벽돌담으로 만들어진 스크랜튼 홀이 있었고, 쭉 안쪽으로 들어가면 신관이 나타나고 그 길을 따라가면 노천극장이 자리하고 있다.

노천극장에서는 1년에 한 번, 5월 30일, 개교기념일 행사가 열린다. 낮에는 각종 바자회가 열리고 저녁에는 횃불예배가 시작된다. 다음날에는 음악 콘서트가 개최된다. 그때가 되면 남자 고등학생들이 잔뜩 기대에 들뜬 채 삼삼오오 이화여고를 방문했다. 때로는 이화여고생들에게 서로 환심을 사려다 작은 싸움이 벌어지기도 했다. 벽돌담으로 이화여고와 맞닿아 있는 배재고등학교 학생들도 쑥스러워하며 이 축제에 동참했다.

횃불예배는 어둠이 내려앉는 저녁 8시경에 시작된다. 이 예배는 노천극장의 무대 맞은편에 십자가 형태로 자리한 합창단의 촛불 점화로 시작된다. 그리고 모든 객석에서 촛불이 켜지면, 정면의 대형 십자가가 불길에 휩싸이며 훨훨 타오른다. 자유 · 사랑 · 평화를 상징하며. 이어 합창단의 성가가 별밤을 배경으로 퍼져나간다. 간절함과 소망과 희망을 담아 인간의 죄를 대속하기 위해 십자가를 지신 예수님을 위해 경배 드린다. 합창단의 일원이었던 나는 노천극장에서의 횃불예배를 잊지 못한다. 손과 손에 들려진 촛불의 음영에 따라 일렁이던 율동들. 침묵 속에 스며드는 간절한 기도. 그리고 영광, 소망들이 영혼을 풍성하게 하고 맑게 했던 것 같다. 반원으로 둘러싸인 촛불들의 깜빡임은 어둠 속에 쏟아져 내리는 은하수처럼 찬란했다.

다음 날, 하얀 라일락의 달콤한 향내가 바람결을 타고 스며들고, 주렁주렁 매달린 보랏빛 등꽃에서도 향긋한 향내가 어우러지면, 음악 콘서트가 시작된다. 지금도 음악반 선배들이 노천극장 무대에서 불러주었던 차이콥스키의 〈꽃의 왈츠〉가 생각난다. 반짝반짝 빛나는 별밤을 배경으로 경쾌하고 발랄하고 현란했던 음표들의 춤사위를 잊을 수가 없다. 꽃들이 왈츠를 추고, 해맑은 영혼들이 화답한다.

그리고 유관순기념관 개관 음악회 때, 정명훈 지휘자와 함께 했던 음악회와 명동예술극장에서의 합창단 발표회도 어둠 속에 묻혀 있다가 어느 날 문득, 반짝 나타나는 보석들처럼 마음 속에서 빛나고 있는 것이다.

어느 봄날, 정희경 교장 선생님께서는 윤여정 선배와 가수 조영남이 약혼을 했다고 노천극장에서 우리에게 소개했다. 우리는 있는 힘껏 환호성을 외치며 축복의 박수를 보냈다. 그들의 행복을 기원하며. 그러나 슬프게도 그들은 헤어졌고, 영광스럽게도 올해 윤여정 선배는 영화 〈미나리〉로 아카데미 여우조연상을 수상했다. 돌아가신 김기영 감독에게 영광을 돌리며 위트 있게 수상소감을 하는 선배에게 박수를 보내며, 나는 영화 〈죽여주는 여자〉를 보았다.

이화여고에서 조금 내려오다 보면, 아담하고 작은 정동제일

교회가 자리하고 있었다. 지금도 정동제일교회는 빨간 벽돌로 단장한 채 여전히 제자리에서 단아한 자태로 앉아 있다.

“언젠가는 우리 모두 세월을 따라 떠나가지만/언덕 밑 정동길엔 아직 남아 있어요/눈 덮인 조그만 교회당”(이문세의 〈광화문 연가〉 중)에서처럼, 여전히 세월을 견디며, 초월하며 서 있는 정동교회. 50년 세월이 훌쩍 흘러 얼굴은 주름지고 세월이 안겨준 고단함에 힘들지라도, 나는 정동길이 언제나 정답다. 정다워져서 혼자라도 외롭지 않다. 추억 속의 보석들을 조금씩 조금씩 꺼내면서 걸을 수 있으니까. 추억은 버리는 거라는데, 나는 추억을 버리고 싶지 않다. 찬란했던 청춘의 기억들이니까. 눈부시게 빛났던 순수함의 방울방울들이니까.

며칠 전 덕수궁에서 전시하고 있는 ‘미술이 문학을 만났을 때’를 보기 위해, 서소문에서 내려 이화여고를 거쳐 덕수궁 돌담길을 천천히 걸었다.

“이제 모두 세월 따라 흔적도 없이 변하였지만/덕수궁 돌담길엔 아직 남아 있어요. 다정히 걸어가는 연인들”(이문세의

〈광화문 연가〉 중)에서처럼, 세월은 흘러 누군가는 떠나가고 누군가는 남아 있어도, 초록 생명들이 움트듯이, 또 새로운 연인들이 덕수궁 돌담길을 걸어갈 것이다.

지금도 덕수궁 돌담길엔 다정한 연인들이 손에 손 잡고 다정하게 걸어간다. 새롭게 단장한 돌담과 중간중간 놓여 있는 둥근 돌의자, 커다란 항아리에 담겨 있는 노랗고 빨간 이름 모를 꽃들이 긴 하루를 마치고 있는 사람들에게 위로를 건넨다.

덕수궁 돌담길을 걸으면 마음이 환해지고 평화로워진다. 덕수궁 돌담길을 제각기 옆에 두고, 앞서거니 뒤서거니 그렇게 우리는 세상을 건너갈 것이다. "향긋한 오월의 꽃향기가/가슴 깊이 그리워지면" 함박눈이 펑펑 내리는 광화문 네거리 이곳에 다시 찾아올 것이다.

덕수궁 돌담길을 하나하나 돌아나가면, 황혼의 날들을 맞으며, 그대와 나, 같은 하늘 아래 빛과 어둠처럼 추억 속에 담담히 깃들 것이다.

시인이 흥얼거리던 〈봄날은 간다〉

봄날은 간다. 싸리꽃을 울려놓고 울려만 놓고 봄날은 떠나가고 있다. 베레모를 쓰시고 파이프 담배를 피우시는, 조병화 시인의 화안한 얼굴이 떠나가고 있다.

일일일생일망(一日一生一忘). 하루를 평생처럼 살라던 시인의 말씀. 과연 나는 어떻게 살고 있을까. 예전에는 하루를 일생처럼 열심히 애쓰며 살았었는데, 이제는 가볍고 단순하게 살고 싶다. 조병화 시인이 이부스키(指宿)의 소녀를 그리워했듯이, 알랭 들롱을 닮은 현실에 없는 그를 그리워하면서. 그렇게 무심히 살고 싶다. 삶도 무겁지 않게, 사랑도 무겁지 않게. 때로는 무겁지도 가볍지도 않게. 때로는 그냥 마냥 푸른 하늘을 보며 그저 무연히 숨 쉬고 싶다. 이제는. 이 나이에는.

20대로 돌아가고 싶지도 않고, 30대로 돌아가고 싶지도 않다. 이대로가 좋다. 60대로 늙어가고 있는 지금이 좋다. 많이 살았다. 애쓰면서 살았다. 이제는 하루만의 위안을 읊조리며, 하루를 자유롭게 살고 하루를 마치며 감사의 기도를 드리고 싶다. 스스로 대견하다고 엉덩이 두드리며, 스스로 위로하면서 그렇게 소소한 순간을 느끼며 살고 싶다. 흔들리는 작은 나뭇잎새를 보며 흘러가는 봄날, 바람의 냄새를 맡고 싶다. 흘러가는 세월 속에 두 팔을 벌리고 온 몸을 맡기고 싶다.

"온 생명은 모두 흘러가는 데 있고/흘러가는 한 줄기 속에/나도 또 하나 작은/비둘기 가슴을 비벼대며 밀려 가야만 한다."(조병화, 「하루만의 위안」 중에서) 그리고 먼 날, 또는 가까이 있을지도 모르는 어느 날, "마지막 하늘을 바라보는 내 그날"이 올 것이다.

생명과 소멸의 흐름 속에서 조병화 시인은 어느덧 하늘로 돌아가고, 이렇게 푸르른 하늘 아래 작은 꽃망울 틔우던 싸리꽃도 시나브로 지고 있다.

학생들이 교정에서 인사 드리면, 오른손을 번쩍 치켜들며, '어이' 하고 고개를 크게 끄덕이시며 답례하시던 시인의 목소리. 내가 대학원 다닐 때, 대학원 원장이셨던 조병화 시인은 염색을 하느라 비닐을 뒤집어 쓴 채로 그림을 그리고 계셨다. "장, 시 쓰기 너무 힘들어. 그림만 그렸으면 좋겠어!" 하시던 시인의 말씀. 대학원 종강 날, 와인을 한 잔씩 건네주시며, "여성들은 남성들의 마지막 자존심을 건드리면 안 돼." 하시던 선생님의 말씀을 나는 새겨 들었다. 결혼 생활 내내. 설악산으로 수학여행을 갔을 때, 경포대를 배경으로 스케치해주셨던 그림을 아직 나는 소중하게 간직하고 있다.

1996년 1월 말경, 『시와 시학』 동인들과 조병화 시인이 함께 했던 일본 문학 기행에 나도 합류했다. 거기서 조병화 시인의 첫사랑 이부스키의 소녀를 만났다. 규슈에서 가장 남쪽에 위치한 이부스키. 그곳에서는 동백꽃이 온몸을 빨갛게 물들이고 있었다. 하얀 집 기타하라 하쿠슈(北原白秋) 문학관도 함께 둘러

보았다. 일정을 마친 후 일본 이부스키의 주점에서 부르셨던 조병화 시인의 애창곡, 〈봄날은 간다〉는 첫사랑에 대한 그리움일까. 어머니에 대한 그리움일까. 아니면 아내에게 바치는 노래일까. 문득 궁금해진다.

싸리꽃이 흐드러지게 피는 사월이 오면, 나는 〈하루만의 위안〉과 〈봄날은 간다〉를 흥얼거린다. "싸리꽃이 마구 핀 잔디밭이 있어/잔디밭에 누워/마지막 하늘을 바라보는 내 그날이 온다/그날이 있어 나는 살고/그날을 위하여 바쳐온 마지막 내 소리를 생각한다/그날이 오면/잊어버려야만 한다"를 읊조리며 나의 봄날을 떠나보낸다. "연분홍 치마에 봄바람이 휘날리더라/오늘도 옷고름 씹어가며/산제비 넘나드는 성황당 길에/꽃이 피면 같이 웃고 꽃이 지면 같이 울던/알뜰한 그 맹세에 봄날은 간다"라고 노래하시던 조병화 시인의 구수한 목소리를 추억하면서.

이승과 저승 사이에서, 조병화 시인은 서로, 나는 동으로, 들꽃 같은 인생, 버리는 연습을 하며, 이별하는 연습을 하며. 나의 봄날을 떠나보낸다. 봄날은 간다.

박 혜 경

Park Hye Kyung

마음엔 온통 봄

하지만 제가 당신에게 가장 듣고 싶은 말이기도 하죠

박혜경

대전에서 태어나 어린 시절에 서울로 와서 성장했다. 문학을 좋아해서 문예창작을 공부했다. 가천대학교 국문과에서 석박사 과정을 마치고 문학박사 학위를 받았다. 현재 가천대학교에서 학생들을 가르치고 있다. 저서로 『오정희 문학 연구』, 공저로 『문화사회와 언어의 욕망』 『시적 감동의 자기 체험화』 『김유정과의 산책』 등이 있다.

마음엔 온통 봄

봄을 맞으러 가는 목적지는 천리포수목원이다. 봄이 가버리기 전에 서둘러 떠나는 여행이었다. 주말이라 길이 밀리는 게 걱정되긴 했지만, 축복 같은 봄날을 외면할 수는 없었다. 봄은 감성을 자극하는 특별한 호르몬을 가지고 있다. 그의 얼굴을 아무리 보아도 질리지 않는 것을 보면.

서해안고속도로에 들어갈 무렵부터 길은 본격적으로 막히기 시작했다. 하지만 차창으로 보이는 싱그러운 풍경이 지루함을 달래주었다. 휴게소가 복잡할 것을 예상해서 준비해 간 커피는 향기로웠다. 드라이브 길에 좋은 음악이 빠질 수는 없다. "봄이 오면/하얗게 핀 꽃 들녘으로/당신과 나 단 둘이/봄 맞으러 가야지." 김윤아 〈봄이 오면〉을 오늘의 BGM으로 선택했다. 이 노래는 내가 아는 한 봄의 아름다움을 가장 서정적인 그림으로 묘사했다. 곧 만나게 될 봄을 기대하며, 내내 반복해서 듣다 보니 어느새 천리포였다.

차가 밀려 그렇게 된 일이긴 하지만, 3시가 넘어서야 도착을 한 건 결과적으로 잘 된 일이었다. 한가하고 여유롭게 수목원의 곳곳을 둘러볼 수 있었다. 이곳은 우리나라 최초의 민간 수목원이다. 만든 이는 전쟁 중에 군인으로 와서 한국인으로 귀화한 민병갈 씨다. 그가 평생을 바쳐 잘 가꾸어놓은 나무와 꽃들로 수목원은 화려했다.

무엇보다 내 눈길을 사로잡은 것은 다른 데서는 지금쯤이면 다 져버렸을 목련과 동백이었다. 황폐하고 삭막한 민둥산을 가꾸어놓은 이곳의 설립자는 자신이 좋아하는 목련과 동백을 유난히 많이 심어놓았다. 동백과 목련을 좋아하는 나와 뭔가 통한 것 같아 이곳이 더 맘에 들었다. 근년 들어 목련의 예쁜 모습을 놓치고 누렇게 변해 떨어진 잎만 아쉽게 바라봤었는데 원도 없이 목련을 봤다. 동백이 필 무렵에 선운사에 가자며 늘 다짐하지만, 번번이 시기를 놓쳤는데 동백도 실컷 보았다.

수목원의 이곳저곳에서 새 소리가 들렸다. 그중에서 아는 소리가 들려 걸음을 멈췄다. 봄의 전령사라 불리는 휘파람새 소리였다. 고개를 들어 찾아보니 제 모습을 보여줄 듯 말 듯하면서 날아다니고 있었다. 숨바꼭질을 하는 아이처럼 재잘거리는 그 모습이 귀여웠다. 휘파람새 소리가 환영의 인사로 들렸다. 최대한 자연을 훼손하지 않고 조성해놓은 이곳이 내게는 지상낙원, 천상의 세계처럼 느껴졌다. "바구니엔 앵두와 풀꽃 가득 담아/하얗고 붉은 향기 가득" 맡으러 가는 그런 곳 말이다.

수목원의 곁에는 친구처럼 바다가 있다. 나는 천리포 바다를 맘껏 볼 수 있는 곳에 자리를 잡고 앉았다. 파란 하늘 아래 갯벌과 수면 위로 "하얗게 꽃이 핀 들녘"처럼 햇살이 빛났다. 갯벌을 드러낸 서해의 풍경이 고즈넉하고 아름다웠다. 나는 넋을 놓고 그 모습을 바라보다가 문득 쓸쓸한 마음이 들었다. 썰물이 빠지듯 내 마음도 무언가 휩쓸고 지나가는 쓸쓸함 같은……. 아름다운 풍경 앞에서 나도 모를 감정들로 잠시 혼란스러웠다. 어쩌면 석양에 물들어가는 수평선을 바라보며 문득 아름다움의 이면에 있을지도 모를 쓸쓸함으로 마음이 옮아갔던 건 아니었을까. 바다의 풍요로움과 포용력 앞에서 나도 모르게 내 마음을 들켰는지도 모를 일이다.

“봄바람 부는 흰꽃 들녘에/시름을 벗고/다정한 당신을 가만히 안으면/마음엔 온통 봄이/봄이 흐드러지고/들녘은 활짝 피어나네.” 〈봄이 오면〉에서 노래하는 봄과 오늘 만난 수목원의 봄은 마치 이곳을 보고 노랫말을 쓴 듯 서로 닮았다. 노래의 가사는 수목원의 풍경만큼이나 아름답고 시적이다. 사랑하는 님과 함께 봄을 맞으러 가자는 노랫말이 하나의 풍경화처럼 그려져 있다. 노래를 잘 듣다 보면 님의 부재를 느낄 수 있어 그 바람이 더 간절하게 느껴진다. 노래 속의 당신은 무슨 이유에서인지 부재하지만, 나와 함께한 그는 내내 따뜻하게 손을 잡아주었다. 〈봄이 오면〉은 사랑의 역설을 가슴 절절하게 노래함으로써 더 짙은 여운을 남긴다. 이러한 노래의 매력은 가수 김윤아이기에 가능하다.

김윤아의 매력적인 보컬과 고혹적인 이미지가 만나야 노래는 비로소 완성된다. 그녀가 리드보컬로 있는 '보랏빛 비 내리는 숲', 자우림이라는 이름을 떠올려보면 그 분위기를 쉽게 짐작할 수 있다. 다정하면서도 비장하고 울고 있는 듯하면서도 웃고 있는 이중적인 모습 말이다. 싱어송라이터인 김윤아는 〈봄이 오면〉뿐만 아니라 대부분의 곡을 직접 만들고 부름으로써 더욱더 뚜렷하게 자신만의 색깔을 드러낸다.

하루 일정의 짧은 여행은 김윤아가 노래 부르는 봄나들이 그 자체였다. 이제 천리포를 떠올리면 〈봄이 오면〉이 들려올 것이다. 〈봄이 오면〉을 들으면 천리포수목원을 떠올리게 될 것이다.

하지만 제가 당신에게 가장 듣고 싶은 말이기도 하죠

우연히 들은 노래 한 곡이 먼지가 뿌옇게 덮인 상자를 연다. 노래가 단서가 되어 이야기를 불러오는 것이다. 내게도 그런 노래가 있다. 별 볼일 없다 여겼던 순간들이 노래 한 곡으로 인해 특별해진다. 노래에 담겨 있는 순간들, 노래에 스며들어 있는 추억들 덕분이다. 빌리 조엘의 〈Honesty〉를 따라 부르는 어떤 날에는 열세 살의 나의 하루를 불러내 보고 싶다.

내가 다닌 중학교는 3년 내내 치마를 입어야 하는 보수적인 학교였다. 말이 교복 자율화였지 매일매일 치마를 입는 일은 보통 괴로운 것이 아니었다. 일주일에 한 시간 있는 무용 시간은 더 심각했다. 얇은 헝겊으로 만든 무용 치마에 스타킹을 신고 무용 슈즈까지 갖춰야 했다. 남들보다 발이 크고 볼이 넓어서 큰 사이즈의 슈즈를 신어도 뒤뚱거리는 것 같은 느낌은 정말 별로였다. 아무튼 워낙 몸치인 나는 무용이라는 말만 들어도 알레르기가 생길 것 같은데 이래저래 특별한 경험을 한 셈이었다.

무용 수업에서 의상만큼이나 난처한 일은 교실부터 무용실까지의 이동이었다. 평소에 꽁꽁 싸매어두었던 튼실한 다리를 드러낸 채 교실이 있는 4층부터 무용실이 있는 지하까지 가야만 했다. 틈날 때마다 거울을 들여다보던 사춘기 시절에 누군들 다리를 다 드러내놓고 당당하게 갈 수 있겠는가. 우리는 어떤 누구도 마주치지 않기를 바라며 그야말로 바람의 속도로 달렸다. 반쯤은 날았다는 표현이 맞을 것 같다. 하지만 아무리 서둘러도 도중에 선생님들을 안 만날 수는 없었다. 그럴 때마다 총각 선생님들은 오히려 고개를 푹 숙이고 지나가는데, 중년의 여선생님들은 우리를 놀려대기 일쑤였다. 평소의 왈가닥 같은 모습과는 다르게 유난히 수줍음을 타며 과장된 모습으로 달음박질치는 제자들이 선생님들의 눈에는 우스웠을 것이다.

지하에 있는 무용실은 한여름에도 냉기가 돌고 꿉꿉한 냄새마저 났다. 그럼에도 불구하고 한 가지 좋은 점이 있다면 답답한 교실을 벗어날 수 있다는 사실이었다. 무용실은 다른 곳과 동떨어져 있어 아무에게도 간섭을 받지 않는 자유로운 공간이었다. 선생님이 수업에 들어오시기 전 짧은 순간이지만 우리들은 지하가 떠나가도록 소리치며 떠들었다.

남다른 카리스마를 자랑하는 무용 선생님은 들어오시자마자 별다른 말도 없이 빨간색 카세트의 플레이 버튼을 누르셨다. 그 앞에서 우리들은 금세 순한 양이 되어 몇 가지 동작을 했다. 사실 무용이라고 할 것도 없는 스트레칭 수준에 불과한 것들이었다. 팔을 쭉 뻗어 머리 위로 높이 올려주거나 벌어지지 않는 다리를 최대한 늘려주는 가벼운 동작들이었다. 노래는 몇 번이나 반복되었고 말없이 동작에 열중하다 보면 이마엔 땀방울이 송골송골 맺히기 시작했다. 그쯤 되면 무용실에도 기분 좋은 온기가 돌고 불쾌한 곰팡이 냄새도 어느새 사라졌다.

이때 흘러나오던 노래가 〈어니스티〉였다. 〈어니스티〉에 맞추어 무용을 하는 동안 덩달아 내 몸과 마음도 편안해지는 것이 느껴졌다. 내 속의 불편함과 구속, 어설픈 분노와 열등감 같은 부정적인 감정이 사라지면서 어느새 위로받는 기분이 되었다. 싫다고만 생각했던 무용 시간은 뜻밖의 감정을 선사했다. 몸을 움직이는 일이 내 몸과 마음을 차분하게 했다. 노래의 가사를 제대로 알아들을 수 없었지만 유난히 반복되는 어니스티라는 단어만큼은 내 귀에 쏙쏙 들어 왔다.

Honesty is such a lonely word

Everyone is so untrue

Honesty is hardly ever heard

But mostly what I need from you

솔직함이란 단어는 참 외로운 말이에요

진실한 사람을 찾아보기도 어려워요

솔직함이란 참 듣기 힘든 말이에요

하지만 제가 당신에게 가장 듣고 싶은 말이기도 하죠

빌리 조엘은 음유시인이라는 별칭이 있다. 이제는 자신만의 음악 세계로 한 획을 그은 완성형 가수가 되었다. 빌리 조엘이 부른 〈어니스티〉에는 젊은 날의 고뇌가 잘 나타나 있다. 잔잔하게 시작해서 열정적으로 고조되어가는 멜로디에는 그의 이러한 심정이 고스란히 녹아 있다. 나는 사색적이고 철학적인 책들을 도서관에서 곧잘 빌려 읽곤 했다. 나이에 어울리지 않는 책을 빌리면서 사서 선생님으로부터 오해를 받기도 했다. 이제 와 생각하면 우습지만 당시에는 인생과 삶에 대해 많은 고민을 했다. 서른 살의 빌리가 부르는 〈어니스티〉를 다 이해할 수 없었지만 그의 정서만큼은 내게도 전해지지 않았을까. 묘한 동질감도 느끼면서 말이다.

나는 앞으로 이 노래를 일부러 찾아 듣지는 않을 생각이다. 어느 날 우연히 선물처럼 듣게 됐을 때의 설렘을 간직하고 싶기 때문이다. 또 그런 날이면 여느 때처럼 추억의 골목골목을 신나게 걸어보고 싶다.